그날의
비밀

그날의
비밀

에리크 뷔야르 지음

이재룡 옮김

L'ORDRE DU JOUR
by ÉRIC VUILLARD

일러두기
독자의 이해를 돕기 위해 이 책에 등장한 실존 인물들에 대한 간단한 소개를
권말에 수록하였습니다.

이 책은 실로 꿰매어 제본하는 정통적인 사철 방식으로 만들어졌습니다.
사철 방식으로 제본된 책은 오랫동안 보관해도 손상되지 않습니다.

로랑 에브라르에게

차례

비밀 회동

태양은 차가운 별이다. 그 심장은 얼음 가시이다. 그 빛은 비정하다. 2월, 나무들은 죽고 강은 메말랐으며 샘은 더 이상 물을 토하지 않고 바다도 그 물을 삼키지 않는 듯싶다. 시간도 굳어 버렸다. 아침. 어떤 소음이나 새 소리 하나 들리지 않고 적막하다. 그러다가 자동차 한 대, 그 뒤를 이어 또 한 대. 그리고 돌연 저벅저벅 발자국 소리, 사람들의 그림자. 아직 눈에는 보이지 않는다. 연출 감독이 세 번 무대 바닥을 쳤지만 커튼은 올라가지 않았다.

월요일이었고 도시는 안개의 장막 뒤에서 꿈틀거렸다. 여느 날과 마찬가지로 사람들은 출근길에 나섰다. 전차와 버스를 타고 시내로 들어가고 엄동 한파 속에서 몽상에 잠기기도 했다. 그해 2월 20일은 여느 날과 달랐지만 대부분의 사람들은 노동은 신성하다는 새빨간 거짓말에 속아 오전 내내 노동에 몰두했다. 그들의 사소한 몸짓 하나하나에는 성실하고 말 없는 진실이 농축되었고 동시에 우리 존재의 모든 서사가 그 성실한 무언극에 녹아 있었다. 그날도 이렇듯 평화롭고 정상적으로 흘러갔다. 그날도 사람들은 집과 공장, 빨래를 너는 안뜰과 시장 사이를 오가는 하루를 보내고 저녁이 되면 직장을 나와 선술집을 거쳐 집에 돌아갔지만 그 신성한 노동의 현장, 가정적 삶과는 아주 동떨어진 슈프레 강가 어느 궁전 앞에서 여러 남자들이 차에서 내리고 있었다. 누군가가 검은 대형 승용차의 문을 정중하게 열어 주었고 차에서 내린 남자들은 육중한 화강암 열주 아래로 나란히 걸어 들어갔다.

강변의 죽은 나무들 곁에 있던 그들은 모두 스물네 명이었다. 검은색, 밤색, 혹은 코냑색의 스물네 벌의 외투, 양모를 덧댄 스물네 쌍의 어깨, 조끼까지 받쳐 입은 스물네 벌의 정장, 밑단을 넓게 잡은 똑같은 숫자의 주름 바지. 그림자들이 국회 의장(議長) 궁전의 웅장한 현관으로 스며들어 갔다. 그러나 머지않아 국회는 더 이상 존재하지 않을 테고 국회 의장도 마찬가지이며 몇 년 후에는 심지어 의회 자체가 없을 것이고 그저 연기가 피어오르는 건물 잔해만 있을 것이다.

현재로 돌아와 보면 그들은 스물네 개의 펠트 모자를 벗고 대머리이거나 정수리가 희끗희끗한 스물네 개의 머리를 드러냈다. 그들은 무대에 오르기 전에 정중하게 악수를 나누었다. 존경받는 고위층이 거기 웅장한 현관에 모여 있었다. 그들은 점잖은 농담을 주고받았다. 조금 거들먹거리는 가든파티가 시작되는 장면이라 해도 무방할 것이다.

스물넷의 그림자가 신중하게 계단의 첫 단을 넘어섰고, 차례로 계단을 밟고 올라가다가 이따금 늙은 심장에 부담을 주지 않으려고 걸음을 멈췄다. 그들은 청동 난간을 움켜쥐고 우아한 계단이나 궁륭이 마치 하찮은 낙엽 더미인 듯 눈길도 주지 않은 채 눈을 반쯤 감고 계단을 타고 올라갔다. 오른쪽의 작은 입구로 안내된 그들은 바둑판 문양의 바닥으로 몇 걸음 옮긴 후 2층으로 이어지는 서른 개 정도의 계단을 올라갔다. 나는 그들 무리 중 누가 앞장을 섰는지 모르지만 사실 그것은 중요하지 않았다. 왜냐하면 스물넷은 정확히 똑같은 행동을 해야만 했고, 똑같은 길을 따라가서 계단참을 끼고 오른쪽으로 돌아 활짝 열려 있는 왼쪽 문을 통해 살롱으로 들어가야만 했기 때문이다.

흔히 문학은 모든 것을 허용한다고 한다. 따라서 나도 이 인물들을 펜로즈 계단[1]에서 영원히 맴돌게 할 수도 있을 것이며 그러면 그들은 더 위로 올라가거나 더 아래로 내려가지 않고 항상 동시에 오르내리게 될 것이다. 그리고 사실 독서가 우리에게 불러일으키는 효과가 조금은 그런 편이다. 농축되거나 유연한 단어, 불가해하거나 난삽한 단어, 농밀하거나 길게 늘이거나 알갱이가 된 단어는 움직임을 정지시키고 냉동시킨다. 우리의 등장인물들은 마치 마법에 걸린 성에 들어간 듯 궁전에 영원히 머물러 있다. 그들은 입구에 들어서자마자 벼락에 맞아 돌로 굳은 시체가 되어 버린 듯하다. 문들은 열려 있지만 동시에 닫혀 있고 환기창은 낡고 부서지고 뽑혀 나간 것 같지

1 수학자 라이어널 펜로즈와 로저 펜로즈가 고안한 모형으로, 3차원에서는 구현이 불가능한 물체 중 하나이다 — 이하 모든 주는 옮긴이의 주이다.

만 동시에 새로 개칠한 것이기도 하다. 계단참은 으리으리하지만 텅 비었고 샹들리에는 번쩍거리지만 죽어 있다. 우리는 여러 시대를 동시에 보고 있다. 자, 그래서 알베르트 푀글러는 첫 번째 계단참까지 올라갔고 거기에서 탈부착용 셔츠 목깃에 손을 대고 땀을 뚝뚝 흘리며 가벼운 현기증까지 느꼈다. 계단을 밝히는 커다란 황금빛 등 아래에서 그는 조끼를 매만지며 단추 하나를 끄르고 셔츠 목깃을 풀어헤쳤다. 아마 구스타프 크루프도 계단참에서 멈춰서 알베르트에게 공감의 뜻, 노화에 대한 짧은 속담, 한마디로 말해 연대감을 표시했을지 모른다. 그러고 나서 구스타프 크루프는 다시 발걸음을 옮겼고 알베르트 푀글러는 황금 잎사귀로 장식된 갓에다가 한가운데에 엄청난 크기의 원형 전구가 끼어 있는 샹들리에 아래에서 잠깐 멈춰 있었다.

마침내 그들은 작은 살롱 안으로 들어갔다. 카를 폰 지멘스의 특별 비서관 볼프디트리히는 발코니에 얇게 내려앉은 서리 위로 한눈을 팔며 창가에서 한동안 딴청을 피웠다. 그는 담배 연기 사이로 어슬렁거리며 세속적 대화에 끼어들지 않았다. 다른 사람들은 수다를 떨며 시가를 태웠다. 그들은 가느다란 금테를 두른 시가를 무심하게 만지작거리며 잔동작으로 담뱃재를 털고 몬테크리스토 상표의 시가를 화제 삼아 짙은 색 혹은 옅은 색 담배 포장에 따른 맛의 차이를 논했는데, 부드러운 맛이 좋다는 사람이 있는가 하면 강한 향기를 좋아하는 사람도 있었지만 모두 몸통이 짐승 뼈처럼 두꺼운 것을 좋아하는 굵은 시가 애호가였다. 반면에 볼프디트리히는 창가에서 몽상에 잠겨 헐벗은 나뭇가지 사이를 배회하거나 슈프레 강 위에 떠 있는 느낌에 빠져 있었다.

몇 발자국 떨어진 데에서 빌헬름 폰 오펠은 천장을 장식한 섬세한 석고 조상을 감상하느라 동그란 안경을 쓰고 벗기를 반복했다. 까마득한 옛적부터 지금까지 명맥을 이어 온 가문 출신의 인물이다. 오펠 가문은 브라우바흐 지역의 소농에서 시작하여 결혼을 통해 땅을 늘리고 자본을 축적한 후 법조계에 진입하고 시장 자리까지 올라갔지만, 어머니의 불가사의한 배 속에서 탄생한 아담이 자물쇠 제작의 모든 요령을 터득한 후 기막힌 재봉틀을 고안하고 나서부터 그 가문의 진정한 영광이 시작되었다. 그러나 그가 새롭게 발명한 것이라곤 아무것도 없었다. 한 공장에 취업한 후 어깨너머로 관찰하고 움츠리고 기회를 엿보다가 기계를 조금 개량했을 뿐이다. 그는 알찬 지참금을 가져온 조피 셸러와 결혼했고 그의 첫 기계의 명칭을 아내 이름에서 따왔다. 그 후로 생산량은 늘어만 갔다. 재봉틀이 성능을 갖추고 시대의 흐름을 타서 인간들의 풍습에 자리 잡게 되는 데에는 몇 년이면 충분했다. 재봉틀의 진정한 발명가들은 너무 일찍 세상에 나왔었다. 재봉틀이 확실한 성공을 거두자 아담 오펠은 자전거 쪽으로 눈을 돌렸다. 그러던 어느 날 밤 살짝 열린 문틈 사이로 낯선 음성이 새어 들어왔다. 그는 자기 심장이 차갑게, 아주 차갑게 느껴졌다. 재봉틀을 발명한 원작자들이 그에게 로열티를 요구하는 음성도 아니고 이익의 배분을 요구하는 노동자들의 음성도 아니었다. 그것은 그의 영혼을 요구하는 신의 음성이었다. 그래서 그는 영혼을 돌려줘야만 했다.

그러나 기업은 사람과 달리 죽지 않는다. 그것은 결코 늙지 않는 신비한 육체이다. 오펠이란 상표는 자전거를 팔다가 이제 자동차를 팔고 있다. 이 기업은 창업자가 죽었을 당시에도 고용 인원이 이미 1천5백 명에 달했다. 그리고 더욱 몸집이 커져만 갔다. 기업은 모든 피가 머리로만 쏠리는 인간이다. 우리는 기업을 법인(法人)이라고 부르기도 한다. 그들의 수명은 우리보다 훨씬 길다. 독일 국회 의장 궁전의 작은 살롱에서 빌헬름이 명상에 잠겨 있던 그해 2월 20일, 오펠 회사는 이미 늙은 노파였다. 오늘날 오펠은 제국 속에 있는 제국이며 아담 노인의 재봉틀과는 아주 희미한 관계만 맺고 있다. 오펠 회사가 아주 부유한 노부인일지라도 이 회사는 너무 오래된 나머지 이 세상 풍경의 일부가 되어 눈에 잘 띄지 않는다. 현재 오펠 회사는 수많은 국가보다도 더 오래되었다. 오펠은 레바논보다 오래되었고, 심지어 독일, 대부분의 아프리카 국가들, 신들이 구름 속에 머문다는 부탄이라는 국가보다도 나이가 많다.

가면들

　이렇듯 우리는 궁전에 들어온 스물네 명의 남자들에게 다가가서 하나하나 차례로 셔츠 깃이 벌어졌다거나 넥타이 매듭이 헐렁하다고 묘사하거나 잠깐 동안 콧수염이 듬성듬성한 점을 파고들거나 윗도리의 줄무늬에 대해 몽상에 잠길 수도 있다. 그들의 슬픈 눈동자에 빠져들다가 그 속에서 노랗고 뾰족한 아르니카꽃을 따라가면 똑같은 작은 문을 발견하게 될 수도 있다. 거기에서 줄을 잡아당겨 초인종을 울리고 다시 시간을 거슬러 올라간다면 일련의 사업, 멋진 결혼식, 수상쩍은 계약, 한마디로 그들 사업이 번창하게 된 지루한 이야기를 할 수도 있다.

　2월 20일 그날, 아담의 아들 빌헬름 〈폰〉 오펠은 그의 손톱 밑에 낀 기름때를 완전히 씻어 냈고 자전거를 멀리 치우고 재봉틀도 망각한 채 웅장한 가족사를 한꺼번에 축약한 귀족 전치사를 이름에 올렸다. 예순두 살이라는 높은 봉우리에서 그는 손목시계를 내려 보며 잔기침을 했다. 그는 입술을 깨물며 주위를 힐끗 둘러보았다. 얄마르 샤흐트는 일을 잘 해냈다. 그는 머지않아 제국은행 총재이자 재무부 장관으로 임명될 것이다. 구스타프 크루프, 알베르트 푀글러, 귄터 크반트, 프리드리히 플리크, 에른스트 텡겔만, 프리츠 슈프링고룸, 아우구스트 로스테르크, 에른스트 브란디, 카를 뷔렌, 귄터 호이벨, 게오르크 폰 슈니츨러, 후고 슈티네스 2세, 에두아르트 슐테, 루트비히 폰 빈터펠트, 볼프디트리히 폰 비츨레벤, 볼프강 로이터, 아우구스트 딘, 에리히 피클러, 한스 폰 뢰벤슈타인 추 뢰벤슈타인, 루트비히 그라우에르트, 쿠르트 슈미트, 아우구스트 폰 핑크와 슈타인 박사. 우리는 산업과 금융의 최정점에 있는 사람들을 보고 있다. 그들은 20분 넘게 기다리느라 조금 지쳤지만 모두 얌전하고 말이 없다. 굵은 궐련 연기에 눈이 따끔거릴 따름이었다.

일종의 묵상에 잠긴 듯 몇몇 그림자가 거울 앞에 멈춰

서서 넥타이의 매듭을 매만지고 있었다. 그들은 궁전의 작은 살롱에서 어색해하지 않았다. 팔라디오는 건축에 관한 네 권의 저서 중 어디에선가 살롱을 우리 존재의 싸구려 연극이 공연되는 무대, 응접실이라고 매우 막연하게 정의 내린 적이 있다. 저 유명한 고디 말린베르니 별장에서는 폐허 비슷한 데에서 뛰노는 벌거숭이 신들이 그려진 올림포스의 방, 아기와 그 시종이 물감으로 그려진 가짜 문으로 빠져나가는 비너스의 방을 거치면 중앙 살롱에 다다르게 된다. 그 입구의 꼭대기에 해설처럼 붙어 있는 기도문의 마지막 구절을 만나게 된다. 〈그리고 다만 우리를 악에서 구하소서.〉 그러나 우리의 작은 회동이 이뤄진 국회 의장 궁전에서 이런 문장을 아무리 찾아봐도 헛수고였을 것이다. 그것은 그날의 의제가 아니었다.

높다란 천장 아래로 몇 분의 시간이 천천히 지나갔다. 사람들은 서로 미소를 주고받았다. 가죽 서류 가방을 열었다. 샤흐트가 이따금 가느다란 테의 안경을 위로 올리고 혀로 입술을 적시거나 코를 문질렀다. 초대된 사람들은 작은 새우 눈을 문에 고정한 채 자리에 얌전하게 앉아 있었다. 헛기침을 하는 중간에 소곤소곤 귓속말을 나누었다. 어떤 이는 손수건을 펴서 조용히 코를 푼 후 회의가 시작되길 참을성 있게 기다렸다. 그리고 그들은 회의라면 이골이 난 사람들이었다. 제각기 행정이나 감독 업무의 자문 위원을 겸하고 있었으며 모종의 경영자 협회에 속한 회원이기도 했다. 엄숙하고 지루한 가부장이 주재하는 음산한 가족 모임도 빼놓을 수 없었다.

맨 앞줄에서 감기에 걸린 구스타프 크루프가 장갑으로 불그스레한 얼굴을 문지르더니 경건하게 손수건에 가래침을 뱉었다. 나이가 들어감에 따라 그의 가는 입술이 뒤집어진 초승달 형상으로 처지기 시작했다. 그의 표정은 불안하고 쓸쓸해 보였다. 희망과 계산이 뒤엉킨 몽롱한 안개 같은 상황에서 그는 손가락에 낀 멋진 금반지를 무심하게 돌리고 있었다. 희망과 계산은 마치 천천히 서로 자력에 끌리듯 접근하고 있었기 때문에 그에게는 오로지 이 두 단어만이 의미가 있었을 것이다.

갑자기 문들이 열리는 소리, 마룻바닥이 삐거덕거리는 소리가 났다. 대기실에서는 잡담을 나누는 중이었다.

스물네 마리의 도마뱀이 뒷다리로 버티며 슬그머니 일어나 몸을 곧추세웠다. 얄마르 샤흐트가 마른 침을 삼켰고 구스타프가 외알 안경을 바로잡았다. 문 뒤에서 나지막하게 웅성거리는 소리, 그리고 한 번의 휘파람 소리가 들렸다. 그리고 드디어 국회 의장이 만면에 미소를 띠고 등장했다. 헤르만 괴링이었다. 사실 이런 일은 사람들을 깜짝 놀라게 하기는커녕 꽤나 진부한 사건, 일상적 일에 불과했다. 사업의 세계에서 정파 투쟁은 별것이 아니다. 정치인과 사업가가 서로 손을 잡는 것은 관례이다.

괴링은 한 사람 한 사람에게 호인다운 악수와 더불어 말을 건네며 테이블을 한 바퀴 돌았다. 그런데 의장은 그저 인사차 들른 것이 아니었고 몇 마디 환영 인사를 우물거리더니 곧바로 3월 5일 선거를 거론했다. 스물네 마리의 스핑크스는 그의 말을 경청했다. 의장은 곧 벌어질 선거 유세가 결정적이라고 선언하더니 정국 불안정을 해결해야만 한다고 했다. 경제 활동을 위해서는 견고하고 안정된 체제가 요구된다고 했다. 스물네 명의 신사들은 경건하게 고개를 끄덕거렸다. 샹들리에의 전기 촛불이 깜빡거렸고 천장에 그려진 거대한 태양이 조금 전보다 더욱 환하게 번쩍거렸다. 괴링은 나치당이 다수석을 확보한다면 이 선거가 향후 10년간 마지막 선거가 될 것이라고 설명했다가 빙그레 웃으며 어쩌면 백 년이 될 수도 있다고 덧붙였다.

좌중에 공감의 분위기가 흘러 퍼졌다. 그와 동시에 문열리는 소리가 나더니 드디어 신임 총리가 살롱에 입장했다. 이전에 그를 본 적이 없었던 사람들은 그의 실물을 궁금해했다. 히틀러는 상상했던 것과는 정반대로, 미소를 지으며 여유 있는 모습이었고 심지어 믿었던 것보다도 훨씬 상냥했다. 그렇다. 심지어 친절하기까지 했다. 그는 한 사람 한 사람에게 감사의 뜻을 전하며 힘찬 악수를 건넸다. 각자 소개가 끝나고 제각기 편안한 소파에 자리 잡았다. 크루프가 신경질적 손가락으로 가느다란 콧수염을 꼬며 맨 앞에 앉았다. 바로 그 뒤에 IG 파르벤의 두 경영자, 그리고 폰 핑크, 크반트와 몇몇 다른 사람이 학자연한 자세로 다리를 꼬고 앉았다. 동굴 속에서 울리는 듯한 기침 소리가 한 번 있었고 만년필의 뚜껑을 여는 작은 소리가 들렸다. 그리고 정적.

그들은 귀를 기울였다. 발언 내용은 다음같이 요약되

었다. 허약한 정치 체제를 끝장내야 하고 공산주의의 위협을 멀리하며 노동조합을 박멸하고 경영주 하나하나가 자기 기업의 총통이 되어야만 한다는 것이었다. 연설은 반 시간가량 이어졌다. 히틀러가 연설을 끝내자 구스타프가 일어나 한 발자국 앞으로 나서더니 모든 참석자들을 대표하여 현 정치 상황을 명료하게 설명해 준 것에 대해 감사의 뜻을 밝혔다. 총리는 서둘러 좌중을 한 바퀴 돌고 나서 다시 나가 버렸다. 사람들은 그에게 축하한다는 말과 함께 예의를 표했다. 노회한 사업가들은 한숨 돌린 눈치였다. 그가 나가자 괴링이 발언권을 잡고 몇몇 사안을 힘주어 설명한 후 다시 3월 5일의 선거를 거론했다. 봉착한 난관을 헤쳐 나갈 수 있는 유일한 기회가 바로 그것이라고 말했다. 그런데 선거 유세를 하려면 돈이 필요했다. 하지만 나치당은 수중에 한 푼도 없었고 선거 유세가 다가오고 있었다. 이 순간 얄마르 샤흐트가 벌떡 일어나 좌중을 향해 미소 지으며 소리쳤다. 「자, 신사 여러분, 모금함으로!」

분명히 조금 돌출된 행동이었지만 이 제안이 사업가들에게 새로운 것은 아니었다. 그들은 뇌물과 뒷거래에 이골이 난 사람들이었다. 부패는 대기업의 회계 장부에서 긴축 불가 항목이며 거기에는 로비, 신년 인사, 정당 후원 등 다양한 명칭이 붙는다. 그래서 초청 인사의 대다수가 곧바로 수천 마르크를 쏟아부었고 구스타프 크루프가 1백만 마르크, 게오르크 폰 슈니츨러가 4만 마르크를 헌금한 덕분에 두둑한 금액이 수금되었다. 경영자들의 역사상 유일한 순간이자 나치스와의 미증유의 타협이라 볼 수 있는 1933년 2월 20일 회동은 크루프 일가, 오펠 일가, 지멘스 일가에게는 사업하다 보면 겪게 되는 매우 일상적 일화, 진부한 모금 활동과 다를 게 없었다. 이들 모두 나치 정권 이후에도 살아남았고 나중에도 정당의 능력에 비례해서 여러 정당에 돈을 대줄 것이다.

그러나 2월 20일의 의미, 그 영구불변의 중요성을 이해하려면 이 사람들을 그들의 진정한 이름으로 호칭해야만 한다. 1933년 2월 20일 그날 오후, 국회 의장 궁전에 있었던 그들은 더 이상 오펠, 구스타프 크루프, 아우구스트 폰 핑크가 아니다. 그들은 다른 이름을 지니고 있다. 귄터 크반트는 진정한 이름이 아니고, 콧수염을 꼬면서 상석을 점잖게 차지하고 있던 통통한 호인 뒤에는 다른 어떤 것이 숨겨져 있었다. 그의 뒤, 바로 그의 이면에는 그만큼이나 육중한 또 다른 그림자, 석상만큼이나 차갑고 속을 알 수 없는 수호신의 그림자가 버티고 있었다. 그렇다. 잔혹하고 익명의 전능한 힘을 지니고 크반트를 내려다보며 딱딱한 가면, 자신의 피부보다 더 잘 어울리는 가면을 그에게 씌워 주었던 신, 그 신이 그의 뒤편에 있다는 사실을 짐작할 수 있다. 그것은 아쿠물라토렌 파브리크 AG, 현재 우리가 알고 있는 바르타 주식회사이다. 왜냐하면 고대의 신이 여러 형상을 취하고 때에 따라 다른 신들로 변신하는 것처럼 법인은 그들의 분신을 갖게 마련이기 때문이다.

이것이 크반트의 진정한 이름, 그들의 신성한 이름이다. 귄터, 그 사람은 당신이나 나와 다름없이 뼈와 살이 뭉친 작은 덩어리에 불과하지만 그를 이어 그의 아들, 아들의 아들이 그 왕좌에 앉을 것이다. 그 뼈와 살의 작은 덩어리가 흙 속에서 썩어 문드러져도 왕좌는 그대로 남는다. 따라서 스물네 명의 인사는 슈니츨러, 비츨레벤, 슈미트, 핑크, 로스테르크, 호이벨이라는 호적상의 이름만으로 불리지 않는다. 그들의 이름은 바스프, 바이엘,

아그파, 오펠, IG 파르벤, 지멘스, 알리안츠, 텔레풍켄이다. 우리는 이런 이름으로 불리는 것들을 알고 있다. 심지어 매우 잘 알고 있다. 그것들은 우리 사이에, 우리 속에 그렇게 존재한다. 그것들은 우리의 자동차, 세탁기, 세제, 라디오 시계, 화재 보험, 그리고 건전지의 이름이다. 그들은 사물의 형태로 도처에 존재한다. 우리의 일상이 그들의 일상이기도 하다. 그들은 우리를 치료하고, 옷을 입혀 주고, 빛을 밝히고, 세계 도처로 우리를 수송하고, 우리를 위로한다. 그리고 그 2월 20일 국회 의장 궁전에 출석했던 스물네 명의 신사들은 대기업의 위임자, 사제들에 불과했다. 그들은 프타[2] 신의 신관들이다. 그리고 그들은 지옥문에 달려 있는 스물네 개의 계산기처럼 거기에 비정하게 버티고 있다.

2 고대 이집트 신화에 나오는 창조와 기술의 신.

친선 방문

수동적이고 겁이 많으며 애매모호한 성향 탓에 우리는 적에게 투항했다. 그 이후로 우리의 역사책은 경악할 만한 사건들 — 찰나의 생각과 계산속이 합의했을 법한 — 을 되씹었다. 그렇게 해서 일단 재계(財界)의 사제들이 개종을 한 다음에 반대파들까지 침묵 속에 빠지자 정권의 심각하고 유일한 적대 세력은 해외의 강대국이었다. 프랑스와 영국에서 협박과 사탕발림이 뒤섞인 목소리가 점차 고조되었다. 1937년 11월의 일도 이렇듯 두 개의 어투 사이에서 갈팡질팡하는 와중에 발생했다. 자를란트 합병과 라인란트 재무장, 혹은 콘도르 비행단의 게르니카 폭격에 대해서 순수하게 형식에 그친 항의를 몇 번 하더니 추밀원 의장 핼리팩스 경(卿)이 헤르만 괴링의 초대를 받고 개인 자격으로 독일을 방문한 것이다. 괴링은 항공부 장관, 루프트바페 총사령관, 산림 및 수렵 담당 장관이자 게슈타포를 창설한 내무부 장관이었다. 만사를 총괄하는 작자였지만 핼리팩스는 기죽지 않았다. 훈장으로 도배한 악명 높은 반(反) 유대주의자, 서정적 반골주의자였던 괴링이 그에게는 이상하게 보이지 않았다. 그리고 핼리팩스는 속셈을 숨기는 사람이 구워삶을 수 있을 만큼 호락호락하지도 않았다. 댄디 스타일의 옷차림, 이루 헤아릴 수 없는 직함들, 음산하고 광적인 수사학, 불룩 튀어나온 배 등에서 아무것도 눈치채지 못할 리 없었다. 그때, 2월 20일의 회동 이후 벌써 많은 시간이 흘렀고 나치스들은 일체의 가식을 벗어던진 터였다. 두 사람은 함께 사냥도 하고, 웃기도 했으며 만찬도 나눴다. 게다가 우정과 호감을 과시하는 데에 인색하지 않았던 괴링, 배우가 되고 싶어 했을 텐데 이제 나름대로 배우가 되어 버린 괴링은 늙은 핼리팩스의 어깨를 토닥거렸을 것이고 심지어 조금 흔들기도 하며, 상대방을 살짝 당황하게 만드는 음담패설이 담긴 이중적 의미의 말장난을 대놓고 건네기도 했을 것이다.

　사냥꾼이나 관리하는 장관은 과연 안개와 먼지로 핼리팩스의 눈을 어둡게 만들었을까? 핼리팩스 경도 괴링에 대한 정보를 들었을 것이다. 무장 폭동을 선동한 전력이 있고 과시적 제복에 대한 취향, 모르핀 중독, 스웨덴 정신 병원 입원 경력, 그리고 폭력 성향과 정신 착란, 우울증, 자살 성향이라는 엄청난 진단 등 괴링에 대한 정보를 핼리팩스 경도 스물네 명의 독일 대기업 수장과 마찬가지로 확보했을 것이다. 핼리팩스는 괴링의 첫 비행 기록이나 1차 대전 전투기 조종사 전력, 그리고 낙하산 장사꾼이나 전직 군인 등과 같은 정보만으로 만족할 수 없었다. 순진한 아마추어가 아니었던 핼리팩스는 우리도 기록 영화에서 확인했듯이 두 사람이 둘러보았던 들소 농장을 산책하던 중 아무런 낌새를 눈치채지 못할 만큼 정보에 어둡지 않았다. 거기에서 괴링은 과장되게 여유를 부리며 행복한 삶에 대한 훈계를 늘어놓았다. 핼리팩스가 괴링의 모자에 꽂혀 있던 작은 깃털 장식, 모피 옷깃, 이상한 넥타이를 놓쳤을 리 없다. 핼리팩스도 그의 늙은 아버지처럼 사냥을 좋아했을 법하고 그렇다면 쇼르프하

이데에서 사냥의 즐거움을 만끽했을 것이다. 그렇지만 헤르만 괴링이 입고 있었던 이상한 가죽 윗도리, 허리춤에 찬 단검을 눈여겨보지 않을 수 없었을 테고 걸쭉한 농담 안에 감춰진 음산한 암시를 듣지 않을 수 없었을 것이다. 어쩌면 괴링이 광대 복장으로 활을 쏘는 꼴을 보았을지도 모른다. 아마 야생 동물도 보고 새끼 사자가 다가와 주인의 얼굴을 핥는 모습도 보았을 것이다. 혹은 아무것도 보지 못했고 겨우 15분가량 괴링과 함께 있었다 하더라도 그는 틀림없이 괴링의 집 지하실에 아이들 장난감 용도에 불과한 거대한 모형 기차 철로를 깔았다는 이야기를 들었을 것이고 수많은 기행에 대해 수군거리는 소리를 들었을 것이다. 늙은 여우 핼리팩스가 괴링의 광적인 자기도취 경향을 모를 리 없었다. 심지어 컨버터블 승용차의 핸들에서 손을 놓고 바람을 향해 괴성을 지르는 꼴도 보았을지 모른다! 그렇다. 그는 부풀어 오른 반죽 같은 가면 뒤에 있는 가공할 만한 본질을 짐작하지 않을 수 없었다. 그리고 마침내 그는 총통을 접견했다. 그리고 이번에도 핼리팩스는 아무것도 못 봤을 수도 있다! 앤서니 이든이 의구심을 품고 있다는 것을 몰랐던 그는 오스트리아와 체코 일부 지역에 대한 독일의 영토권 주장이 대화와 평화라는 조건하에서 진행된다면 국왕 폐하의 정부 입장에서는 부당해 보이지 않는다는 뜻을 히틀러에게 넌지시 암시하기까지 했다. 핼리팩스, 그는 사나운 사람이 아니었다. 그의 됨됨이를 보여 주는 결정적인 일화가 있다. 베르히테스가덴에 도착해 차에서 내리던 그는 자동차 옆에 서 있던 한 남자를 시종장쯤으로 생각했다. 계단 올라가는 것을 돕기 위해 그에게 다가왔다고 상상한 것이다. 차 문을 열어 주자 그는 시종장에게 외투를 건넸다. 그러자 폰 노이라트, 혹은 다른 누구, 어쩌면 진짜 시종장이 그의 귀에 대고 거친 목소리로 속삭였다. 「총통 각하이십니다!」 핼리팩스는 눈을 들어 보았다. 과연 히틀러였다. 히틀러를 하인으로 취급했다니! 훗날 그의 회고록 『충만한 나날들』에 기록한 것에 따르면 그는 감히 고개를 들지조차 못했다고 한다. 그의 눈에 보이는 것이라고는 바지와 구두밖에 없었다는 것이다. 핼리팩스 경은 빈정거리는 어투로 우리를 웃기려고 했던 것 같다. 그러나 나는 그것이 우스운 일로 보이지 않는다. 귀머거리 벽창호에다가 멍청한 당나귀, 앞뒤가 꽉 막힌 고집불통,

조상의 음덕을 자랑스럽게 등에 업고 사는 영국 귀족이
자 외교관인 핼리팩스, 그런 점에 모골이 송연해진다. 재
무부 장관으로서 재임 기간 내내 아일랜드에 대한 모든
추가 지원에 단호하게 반대했던 사람이 바로 그 영광스
러운 1대 자작 핼리팩스가 아니었던가? 아일랜드 대기근
으로 백만 명이 넘게 굶어 죽었다. 그리고 근왕 침소 하
인이자 핼리팩스의 아버지인 영광스러운 2대 자작, 그는
유령 이야기를 수집했고 사후에 그의 아들 중 하나가 그
이야기를 출간했는데 과연 핼리팩스는 진정으로 이런 사
실 뒤에 몸을 숨길 수 있을까? 그리고 핼리팩스의 이런
서투른 행동은 전혀 예외적인 것이 아니며 늙은 멍청이
의 착오가 아니다. 그것은 사회성의 맹점이고 거만이다.
반면에 그의 사상을 살펴보자면, 핼리팩스는 얌전한 사
람이 아니다. 그는 히틀러와의 회동에 대해 볼드윈에게
보낸 편지에서 이렇게 썼다. 〈민족주의와 인종 차별주의
는 강력한 힘이지만 나는 그것이 자연에 위배된다거나
비윤리적이라고 생각하지 않는다!〉 그리고 얼마 후에는
이렇게 썼다. 〈나는 이 사람들이 진정으로 공산주의자를
혐오한다는 것을 의심하지 않는다. 그리고 우리가 그들

처지라면 우리도 똑같이 느낄 것이라고 장담한다.〉이런 것들이 오늘날까지도 〈유화 정책〉이라 일컫는 것의 전제였다.

위협

그것은 친선 방문이었다. 그러나 핼리팩스 경이 독일과 평화에 대해 이야기하러 오기 12일 전인 11월 5일, 히틀러는 군 수뇌부에게 유럽 일부를 무력으로 점령하는 방안을 털어놓았다. 우선 오스트리아를 침공하고 그다음이 체코슬로바키아라고. 독일은 너무 좁아 욕망의 끝을 실현하지 못하니 항상 까마득한 지평선 너머로 고개를 돌려야만 한다고 했다. 편집증적 경향에 과대망상의 자극이 더해지니 상황은 더욱 걷잡을 수 없게 되었다. 헤르더의 광기, 피히테의 연설 이후에, 다시 헤겔이 찬양한 국민정신, 감정의 공동체라는 셸링의 꿈이 있었으니, 〈생활권〉이란 개념은 새로운 것이 아니었다. 이 회의는 비밀로 치부되었지만 핼리팩스가 방문하기 전 베를린의 분위기가 어떠했는지 조금 짐작할 수 있다. 그리고 이것이 전부가 아니다. 핼리팩스가 방문하기 9일 전인 11월 8일, 괴벨스는 〈영원한 유대인〉이란 주제로 뮌헨에서 대규모 미술전을 개최했다. 공들인 음모였다. 나치의 계획, 그 폭력적 의도에 대해서 모르는 사람은 아무도 없었다. 1933년 2월 27일에 발생한 국회 의사당 방화 사건, 같은 해 다하우 강제 수용소 개설, 같은 해 정신 질환자의 불임 시술, 이듬해인 1934년 〈장검의 밤〉,[3] 뒤이어 1935년 독일의 순혈과 명예를 보호하는 법령과 인종적 특성의 통계 조사. 이루 헤아릴 수 없이 많은 일이 벌어졌다.

곧바로 독일 제국의 야심이 소용돌이쳤던 오스트리아에서 1미터 50센티미터의 단신이지만 온갖 권력을 쥐고 있었던 돌푸스 총리가 1934년 벽두에 오스트리아 나치당에 의해 암살되었다. 후임자 슈슈니크는 그의 권위주의 정치 스타일을 이어 갔다. 그래서 독일은 몇 해 동안 암살과 협박과 유혹을 뒤섞은 위선적 외교 술수를 구사

---

3 히틀러가 독일 내의 반대 세력을 숙청한 사건. 이 과정에서 히틀러의 잠재적 경쟁자였던 돌격대 사령관 에른스트 룀도 총살당했다.

했다. 헬리팩스가 방문한 지 겨우 석 달이 지났을 때 히틀러가 목청을 높였다. 오스트리아의 작은 독재자 슈슈니크는 바이에른으로 호출되었다. 은밀한 압박의 시대는 끝난 것이다.

1938년 2월 12일 슈슈니크는 아돌프 히틀러를 만나기 위해 베르히테스가덴으로 갔다. 그는 스키 관광객으로 위장하고 역에서 내렸다. 여행의 목적이 겨울 스포츠를 위한 휴가라고 둘러댄 것이다. 그가 열차에 스키 장비를 싣고 있던 때 빈에서는 축제가 절정에 이르렀다. 사육제 기간이었기 때문이다. 가장 즐거운 날들이 역사상 가장 음산한 회동의 날과 겹친 셈이다. 팡파르, 원무, 불꽃놀이. 달콤한 과자의 홍수 속에서 우아함과 매력으로 가득한 슈트라우스의 왈츠 150여 곡이 연주된다. 사실 빈 사육제는 베네치아나 리우의 사육제보다는 덜 알려졌다. 그토록 아름다운 가면을 쓰지도 않고 그토록 정열적 춤에 온몸을 내던지지도 않는다. 그렇다. 그것은 그저 줄줄이 이어지는 댄스파티에 불과하다. 그러나 빈 사육제 역시 거대한 축제이다. 가톨릭교도와 조합주의자들이 모인이 작은 국가의 구성원들이 조직적으로 쾌락의 계기를 만든 것이다. 그렇게 오스트리아가 마지막 숨을 거둬 가는 동안, 스키 관광객으로 변장한 총리가 어둠 속으로 슬그머니 몸을 숨기며 야릇한 여행을 떠나고 국민들은 잔치를 벌였다.

아침 녘 잘츠부르크역에는 그저 한 줄로 도열한 헌병들만 있었다. 슈슈니크를 태운 자동차는 비행장을 따라가다가 국도로 들어섰다. 광활한 잿빛 하늘이 그를 수심에 잠기게 만들었다. 그의 몽상은 자동차의 진동에 빠져들어 갔고 눈가루에 섞였다. 삶은 하나같이 가련하고 고독하다. 모든 길은 쓸쓸하다. 국경에 다가가자 슈슈니크는 돌연 두려움에 사로잡혔다. 그는 진실의 가장자리에 있는 느낌이 들었다. 그는 운전사의 머리를 바라보았다.

국경에서 폰 파펜이 그를 맞으러 나왔다. 길고 우아한 그의 얼굴을 보고 총리는 안도감에 빠졌다. 그가 차에 오르려 하는데 폰 파펜은 독일 장군 셋이 회의에 참석할 것이라고 통고했다. 「불편하지 않으시겠지요? 그러길 바랍니다.」 심드렁한 말투였다. 협박이 거칠었다. 아주 거친 행동들은 우리의 할 말을 없게 만든다. 감히 입 밖에 말을 내지 못한다. 우리 마음속에 자리 잡고 있던 너무 예의 바르고 수줍은 어떤 존재가 우리를 대신하여 대답한다. 그런 존재는 꼭 해야만 하는 말과 정반대되는 말을 한다. 그래서 슈슈니크는 항의하지 않았고 자동차는 아무 일도 없었다는 듯 제 갈 길을 달렸다. 그의 풀죽은 시선이 길가로 구르고 있던 참에 군용 트럭 한 대가 그들을 추월했고 그 뒤를 두 대의 친위대 장갑 차량이 따라갔다. 오스트리아 총리는 묵직한 고뇌를 느꼈다. 이 함정에 무엇을 하러 뛰어든 걸까? 그들은 천천히 베르히테스가덴 쪽으로 올라갔다. 슈슈니크는 불편한 감정을 억누르며 소나무 꼭대기에 시선을 고정했다. 그는 침묵했다. 폰 파펜 역시 한마디도 하지 않았다. 차가 베르크호프에 도착하자 문이 열리고 닫혔다. 슈슈니크는 끔찍한 덫에 걸려들었다는 느낌이 들었다.

베르크호프에서의 면담

몇 마디 관례적 인사가 오고 간 후 오전 11시경 오스트리아 총리는 아돌프 히틀러의 집무실에 들어섰다. 그리고 유사 이래 가장 환상적이며 괴기한 장면 중 하나가 연출되었다. 그 장면의 증언은 유일하게 하나만 남아 있다. 쿠르트 폰 슈슈니크 자신의 증언이 그것이다.

그의 회고록 『오스트리아를 위한 진혼곡』은 조금 현학적인 타소의 시를 인용한 후 베르크호프의 창가를 이야기하는 것으로 시작하며 그것은 그의 책에서 가장 고통스러운 부분이다. 오스트리아 총리는 총통의 권유로 자리에 앉았고 조금 불편한 기분이 들어 다리를 꼬았다가 풀기를 반복했다. 그는 온몸이 굳고 맥이 빠진 느낌이 들었다. 초초한 그는 소파에 몸을 파묻고 천장 장식에 시선을 고정했다. 딱히 무슨 말을 해야 할지 몰라 슈슈니크는 고개를 돌려 경치를 감상했다. 그리고 용기를 내어 이 집 무실에서 일어났을 법한 중요한 회담들을 환기시켰다. 히틀러는 다짜고짜 그를 매몰차게 꾸짖었다. 「경치와 날씨 얘기나 하려고 여기 있는 게 아니오!」 슈슈니크는 겁에 질렸다. 그는 어눌한 장광설을 늘어놓으며 1936년에 맺은 한심한 독일-오스트리아 협약을 환기시켰고, 이 자리는 그저 사소하고 일시적인 몇몇 난점을 해소하기 위한 것이라고 둘러대며 분위기를 반전시키려고 애썼다. 그리고 절박한 심정으로 마치 구명정이라도 되는 양 자신의 선의에 매달린 오스트리아 총리는 지난 수년간 자신이 단호하게 독일 정책을 견지했다고 선언했다. 바로 그 대목을 아돌프 히틀러는 노리고 있었다.

「아! 당신은 그런 걸 독일 정책이라 부르나, 슈슈니크 씨? 오히려 당신이 했던 모든 일은 오로지 독일 정책을 회피하기 위한 게 아니었나?」 히틀러는 악을 썼다. 슈슈니크가 서툰 변명을 늘어놓자 그는 분통을 터뜨리며 공격 수위를 한층 높였다. 「게다가 오스트리아는 독일 제국에 기여하는 일을 한 적이 없소. 오스트리아의 역사는 끊임없는 배신의 역사였소.」

금세 슈슈니크의 손바닥이 축축하게 젖었다. 그리고 실내는 왜 이리 넓은지! 하지만 모든 것이 겉보기엔 차분히 가라앉아 있었다. 소파들은 천박한 덮개로 싸여 있었고 쿠션은 너무 물렁거렸고 목재 장식은 정갈했으며 등갓은 작은 꽃술이 둘러싸고 있었다. 문득 슈슈니크는 광활한 겨울 하늘 아래 차가운 풀밭에서 홀로 산을 마주 보고 있었다. 창문은 거대하게 커졌다. 히틀러는 그를 백안시했다. 슈슈니크는 다시 다리를 꼬고 안경을 고쳐 썼다.

이제 히틀러는 그를 〈씨〉라고 불렀고 슈슈니크는 흔들리지 않고 상대방을 총통이라 불렀다. 히틀러는 그를 혹독하게 무시했고 변명거리를 찾는 슈슈니크는 친독일 정책을 부풀려서 자화자찬했다. 독일의 총리는 오스트리아가 독일 역사에 기여한 것이 제로에 가깝다고 고함까지 쳐가며 오스트리아를 모욕하고 있었고, 참을성 많고 통이 큰 슈슈니크는 대화를 끊고 자리를 박차고 일어나기는커녕 착한 모범생처럼 기억을 더듬어 오스트리아가 역사에 기여한 사례를 찾아내려고 안간힘을 다하고 있었다. 그는 허둥지둥 지난 세기가 담긴 호주머니를 구석구석 뒤져 보았다. 그러나 그의 기억은 텅 비었고, 세계가 비었고, 오스트리아가 비어 있었다. 그리고 총통의 눈은 집요하게 그를 노려보고 있었다. 벼랑 끝에 몰린 그가 무엇을 찾아냈을까? 베토벤이다. 성마른 귀머거리, 공화주의자, 절망에 빠진 은둔자 루트비히 판 베토벤을 찾아냈다. 그가 영면에서 끄집어낸 사람은 바로 알코올 중독자의 아들, 〈흙빛 얼굴의 남자〉 베토벤이었다. 소심한 성격에 인종 차별주의자 귀족인 오스트리아의 총리 쿠르트 폰 슈슈니크가 역사의 호주머니에서 불쑥 꺼내 하얀 손수건처럼 히틀러의 면전에 흔들어 댄 것이 바로 베토벤이었다. 한심한 슈슈니크. 광기에 대항해서 그가 찾아낸 것이 한 음악가였다. 군사적 위협에 맞서 그는 9번 교향곡을 찾아냈고 오스트리아가 역사에서 한몫했다는 사실을 증명하려고 〈열정〉 소나타의 몇 마디를 찾아낸 것이다.

「베토벤은 오스트리아인이 아니오. 그는 독일인이란 말이오.」 히틀러는 예기치 못한 반박을 했다. 그리고 그것은 사실이다. 슈슈니크는 미처 생각하지 못했다. 베토벤은 독일인이다. 그것은 논란의 여지가 없다. 그는 본에서 태어났다. 어느 쪽으로 바라봐도, 심지어 아전인수 격으로 자기 쪽에 유리하게 봐도, 모든 역사 연대기를 뒤져봐도 본은 결코 오스트리아의 도시인 적이 없었다. 본은 오스트리아에서 파리만큼이나 멀리 떨어져 있다! 베토벤이 그리 멀지 않은 곳 출신이라고, 그러니까 루마니아인, 심지어 우크라이나인이라고 하는 것이나 진배없다. 크로아티아 사람이라고 해도 그만이고 마르세유라도 마찬가지이다. 마르세유는 빈에서 아주 먼 데도 아니다.

「맞는 말씀입니다.」 슈슈니크는 우물거렸다. 「하지만 오스트리아로 귀화한 거나 다름없잖아요.」 국가의 정상회담과는 아주 거리가 먼 수준의 대화이다.

날씨는 음산했다. 면담은 끝났다. 함께 오찬을 해야만 했다. 두 사람은 나란히 계단을 내려왔다. 베르크호프의 오찬장에 들어서기 전, 슈슈니크는 비스마르크의 초상화를 보고 충격을 받았다. 위대한 총리의 왼쪽 눈꺼풀이 눈위로 가차 없이 처져 있었으며 눈빛은 차갑고 만사에 실망한 듯했다. 피부는 늘어진 것처럼 보였다. 그들은 식당으로 들어가 자리에 앉았다. 히틀러가 가운데에 앉고 오스트리아 총리가 맞은편에 앉았다. 식사는 정상적으로 진행되었다. 히틀러는 느긋해 보였고 심지어 수다스러웠다. 치기가 발동해서 그는 함부르크에 〈세계에서 가장 큰 교량〉을 건설할 것이라고 했다. 아마도 자기 말에 제동을 걸지 못했는지 히틀러는 곧 〈세계에서 가장 높은 빌딩〉도 건설할 것이며 그러면 미국보다 독일에서 더 크고 더 좋은 집을 지을 수 있다는 것을 미국인들도 보게 될 거라고 했다. 젊은 친위대 대원이 커피를 내왔다. 마침내 히틀러가 자리를 떴고 오스트리아 총리는 굴뚝처럼 줄담배를 피워 대기 시작했다.

우리에게 남아 있는 슈슈니크의 사진에서 그의 두 얼굴을 볼 수 있다. 하나는 근엄하고 거만한 표정이고 다른 하나는 한결 소심하고 위축되고 심지어 멍한 표정이다. 널리 알려진 한 사진에서 그는 일종의 자포자기와 자기 방임의 자세로 입을 앙다물고 정신 나간 표정을 짓고 있다. 이 사진은 1934년 제네바의 아파트에서 찍은 것이다. 슈슈니크는 아마도 불안한 듯 똑바로 서 있다. 그의 표정에는 뭔가 흐릿하고 주저하는 기운이 감돈다. 손에 종이 한 장을 들고 있는 것 같지만 이미지는 흐릿하고 사진의 아래쪽은 짙은 얼룩이 파먹었다. 조금 자세히 들여다보면 상의 오른쪽 호주머니 깃이 그의 팔에 의해 구겨졌고 사진의 오른쪽으로 툭 끼어든 이상한 물체, 아마도 화분 같은 것이 보인다. 그러나 내가 묘사한 이 사진을 본 사람은 거의 없다. 그것을 보려면 프랑스 국립 도서관의 판화 및 사진 분과로 가야만 한다. 우리가 알고 있는 사진은 트리밍되어 재편집된 것이다. 그래서 자료를 분류하고 보관하는 몇몇 말단 서고 직원 외에는 아무도 슈슈니크의 헝클어진 호주머니 깃이나 사진 오른쪽에 있던 화분인지 무엇인지 구분할 수 없는 이상한 물체나 종이 한 장을 본 사람이 없다. 트리밍이 된 사진은 전혀 다른 느낌을 준다. 그것은 일종의 정중하고 공식적인 의미를 지닌다. 오스트리아 총리가 원본보다 더 진중하고 덜 겁에 질린 모습으로 보이기 위해서는 사소한 몇 밀리미터, 진실의 작은 조각을 제거하는 것으로 충분하다. 시야를 조금 좁히고, 몇몇 무질서한 요소를 지우면서 인물에 대한 집중도를 높이는 것만으로 슈슈니크에게 조금 더 밀도를 부여할 수 있다. 사소한 것마저도 의미심장한 것, 이것이 서사의 기법이다.

　그러나 지금 여기 베르크호프에서는 밀도나 품위 따위는 안중에도 없다. 오로지 하나의 편집 방식만이 유효하고 오로지 하나의 설득 방법만이 유효하다. 즉 공포만이 유효하다. 그렇다. 여기에는 오로지 공포만이 군림한다. 암시적 예의, 절제된 권위의 형식, 체면은 물 건너갔다. 여기에는 작은 귀족이 몸을 떨고 있을 따름이다. 슈슈니크는 다짜고짜 쏟아지는 막말에 정신을 차리지 못하고 있었다. 훗날 그는 지인 한 명에게 자신이 모욕을 받았다고 털어놓았다. 그러나 그는 자리를 박차고 떠나지 않았고 어떤 불만도 표시하지 않았으며 그저 담배만 피웠다. 줄담배를 피웠다.

　길고 긴 두 시간이 흘렀다. 오후 4시경 옆방에서 리벤트로프와 폰 파펜이 슈슈니크와 그의 자문관을 불렀다. 양국 간의 새로운 조약 중 몇몇 항목을 보여 주었다. 총통이 허락할 수 있는 최종 양보안이라는 설명을 곁들였다. 이 조약은 무엇을 요구했던 것일까? 첫머리에서는 공허하고 실효성 없는 표현이지만, 오스트리아와 독일 제국은 양국의 이해관계가 걸린 국제적 문제를 협의해야 한다는 점을 밝혔다. 그다음 문안부터 본색이 드러나는 데 국가 사회주의 이념은 오스트리아에서도 허용되어야 하며 나치당원인 자이스잉크바르트가 전권을 지닌 내무부 장관으로 임명되어야 한다고 요구하고 있다. 기막힌 내정 간섭이었다. 또한 악명 높은 나치인 피슈뵈크 박사도 정부에서 채용할 것을 요구했다. 오스트리아에 수감된 나치당원은 형법 위반자를 포함해서 모두 사면할 것을 요구했다. 국가 사회주의자 공무원과 장교는 복권 및 복직시켜야 한다고 요구했다. 양국 군대 간에 백여 명의 장교를 즉각 교류시키고 나치인 글라이제호르스테나우를 전쟁부 장관으로 임명하라는 것도 요구했다. 끝으로 오스트리아 선전 지도부를 즉각 파면하라는 극단적으로 모욕적인 조치도 요구했다. 이러한 조치는 일주일 이내에 발효되어야만 하며 그 대가로 — 기막힌 양보이다 — 〈독일은 오스트리아의 독립과, 1936년 7월에 맺은 협약에 동참하는 것을 재확인한다〉라고 했다. 그 협약은 이제 알맹이가 쏙 빠져 버린 것이었다. 위에서 언급된 내용에 마지막으로 덧붙인 표현은 기상천외하다. 〈독일은 오스트리아에 대한 모든 내정 간섭을 포기한다.〉 뻔뻔한 표현이다.

대화가 시작되었고 슈슈니크는 독일의 요구 사항을 완화하려고 애썼다. 그러나 무엇보다도 그는 체면을 살리고 싶었다. 그들은 조약의 세부 사항을 뒤적거리며 매달렸다. 늪 주위에 둘러앉아 똑같은 눈과 이빨로 벌레를 잡아먹는 두꺼비들 같은 모양새였다. 자질구레한 뒷거래 다음에 마침내 리벤트로프는 별로 중요하지 않은 수정을 받아들여 세 가지 조항의 수정 제안을 수락했다. 갑자기 대화가 끊어졌다. 히틀러가 슈슈니크를 호출했다.

집무실은 램프 불빛에 잠겨 있었다. 히틀러가 성큼성큼 집무실을 가로질러 걸어왔다. 오스트리아 총리는 다시 불편한 느낌에 빠졌다. 히틀러는 자리에 앉자마자 최후의 협상 시도에 동의한다고 선언하며 슈슈니크를 공격했다. 「자, 이게 초안이오. 더 이상 협상은 없을 것이오. 일점일획도 바꾸지 않겠소! 서명하지 않으면 더 이상 우리의 회담을 진행시키는 일은 없을 것이오. 나는 밤에 결정을 내릴 것이오.」 총통은 아주 심각하고 음산한 표정이었다.

이제 슈슈니크 총리는 치욕과 명예를 선택하는 갈림길에 섰다. 이 저열한 계략에 무릎을 꿇고 최후통첩을 받아들여야 할까? 육체는 쾌락의 도구이다. 히틀러의 육체가 격렬하게 흔들거렸다. 그는 자동인형처럼 뻣뻣하고 가래침처럼 신랄했다. 히틀러의 육체는 몽상과 의식을 넘나드는 것 같았다. 그는 침대 밑을 기어다니고, 시간의 그늘 속에, 감옥의 담장 위에, 사람들이 그림자를 각인한 모든 곳에 있는 것처럼 보였다. 히틀러가 슈슈니크의 면상에 최후통첩을 던졌던 그 순간, 시공간의 변덕스러운 좌표 속에서 세계의 운명이 쿠르트 폰 슈슈니크의 손에 잠깐, 아주 잠깐 동안 좌우되는 그 순간에 아마도 거기에서 수백 킬로미터 떨어진 발레그 정신 병원에서 루이 수테르는 종이 바닥에 인간들이 음산하게 춤추는 모습을 손가락으로 그리고 있었을지도 모른다. 그의 그림에서는 흉측하고 무서운 허깨비들이 검은 태양이 굴러가는 세계의 지평선에서 우글거렸다. 해골, 유령 같은 허깨비들은 안개 속에서 튀어나와 사방팔방으로 뛰고 도망친다. 수테르는 정신 병원에서 이미 15년 이상을 보낸 터였다. 불쌍한 수테르. 쓰레기통에서 훔친 질 나쁜 휴지 조각, 쓰고 버린 봉투에 그의 고뇌를 그리며 15년을 보냈다. 베르크호프에서 유럽의 운명이 결정되는 이 순간, 그가 그린 철사처럼 비틀어진 작고 시커먼 인물들이 내게는 전조처럼 느껴진다.

수테르는 집에서 아주 먼 곳에서, 이국에서, 세상의 저쪽 끝에서 오래 머물다가 걱정스러울 정도로 피폐한 상태가 되어 돌아왔다. 그 후, 그는 날품팔이로 생계를 이어 갔다. 관광 철에 다과회장의 연주가로 살았는데 어디를 가나 미친 사람이라는 평판이 그를 따라다녔다. 그의 얼굴에는 깊은 우울증이 각인되었다. 그리고 발레그 정신 병원에 입원했다. 가끔 도망을 치기도 했다. 비쩍 말라 반쯤 얼어 죽은 그를 사람들은 다시 잡아 왔다. 높다란 방에서 그는 기형적이고 꿈틀거리는 커다란 불구자, 그 검은 존재를 표현한 크로키 뭉치가 산더미처럼 쌓일 만큼 그림을 그렸다. 그의 몸은 들판을 오랫동안 걸어 다닌 탓에 지치고 여위었다. 뺨은 살이 빠져나가 동굴처럼 움푹 파였다. 이도 다 빠졌다. 관절염으로 손이 변형되어 펜이나 붓을 들지 못하게 된 1937년 무렵 그는 잉크에 손가락을 적셔 손으로 그리기 시작했다. 그의 나이가 일흔 살 무렵일 때였다. 그는 그 시절에 가장 아름다운 작품을 남겼다. 발작하며 꿈틀거리는 검은 그림자의 무리를 그리기 시작했다. 핏자국이 뭉친 것처럼 보이기도 했다. 날아다니는 메뚜기 떼처럼 보이기도 했다. 광란의 발작은 강박적인 공포의 형식으로 루이 수테르의 정신 속에서 지속되었다. 그런데 그가 쥐라산맥 속의 발레그에서 길고 긴 감금 생활을 하는 동안 그의 주변, 그리고 유럽에서 벌어진 일들을 생각하면 몸이 꼬이고 고통에 빠져 허우적거리는 검은 육체의 물결, 염주처럼 이어진 이 시체들은 무엇인가를 예고하는 것이었다. 이 불쌍한 수테르는 광기에 빠져 아마 자기도 의식하지 못한 채 자신을 둘러싼 세계가 서서히 죽어 가는 모습을 손가락으로 촬영했다고도 할 수 있다. 이 늙은 수테르는 전 세계, 빈한한 영구차를 따라가는 전 세계 유령들의 행렬을 그린 것이라 할 수 있다. 모든 것이 불꽃으로, 그리고 짙은 연기로 변해 버렸다. 그는 비틀어진 손가락을 작은 잉크병에 적신 후 우리에게 시대의 죽은 진실을 보여 주었다. 거대한 죽음의 춤을.

베르크호프는 루이 수테르, 그의 기묘한 소심함, 발레

그의 구내식당과는 아주 멀리 떨어져 있었다. 수테르가 그의 고통스러운 손가락을 검은 잉크병에 적시는 그 순간, 슈슈니크는 아돌프 히틀러를 뚫어져라 바라보았다. 그는 훗날 회고록에서 히틀러가 사람들에 대한 마술적 장악력을 갖고 있다고 썼다. 그리고 〈총통은 사람들을 자력으로 끌어당긴 후 난폭하게 밀쳐서 그 순간 그 무엇으로 메꿀 수 없는 깊은 심연이 생긴다〉라고 덧붙였다. 보다시피 슈슈니크는 신비주의적 설명에도 인색하지 않았다. 이렇게 그의 나약함을 정당화한 것이다. 제국의 총통은 초자연적 존재였으며 괴벨스의 선전이 우리에게 보여 주고자 하는 히틀러의 모습도 신비롭고 무섭고 영감을 지닌 존재였다.

마침내 슈슈니크가 양보했다. 심지어 양보보다 더 나쁜 꼴을 보였다. 그는 투덜거리며 말을 삼켰다. 그러더니 조약에 서명할 용의가 있다면서, 다만 가장 소심하고 무기력하고 비겁한 반론을 제기했다. 그는 교활함과 나약함이 역력하게 섞인 탓에 얼굴을 일그러뜨리면서 「이 점을 아셔야 할 텐데,」라고 했다. 「제가 조약에 서명한다고 해서 총통의 뜻이 조금도 진전되지 않는다는 겁니다.」
그 순간 그는 히틀러가 놀라는 모습을 음미했을 것이다.
그는 히틀러의 운명에서 그가 슬쩍 훔쳐 온 우월감의 유
일한 작은 불꽃을 음미했다. 그렇다. 그 역시도 이런 사
태를 즐겼을 테지만 달팽이가 물컹한 더듬이로 느끼는
것처럼 즐겼다. 그렇다, 그는 은근히 즐겼을 것이다. 그
의 반박 뒤에 이어지는 침묵이 영원처럼 지속되었다. 슈
슈니크는 아주 작은 자기 몫의 승리감에 도취되었다. 그
리고 의자에 앉아 몸을 비비 꼬았다.

히틀러는 뒤통수를 맞은 눈빛으로 바라보았다. 이 작
자가 무슨 말을 하고 있는 거야?「우리 헌법에 따르면,」
슈슈니크가 뜸을 들여 선생님 투로 말을 이어 갔다.「정
부 일원을 임명하는 것은 국가의 최고 권력, 다시 말해 공
화국 대통령입니다. 마찬가지로 사면도 그의 고유 권한
입니다.」바로 이것이었다. 그는 아돌프 히틀러에게 굴복
하는 것으로 그치지 않고 다른 사람 뒤에 몸을 숨겨야만
했다. 명색이 귀족이었던 그는 자신의 권력이 훼손되는
순간, 돌연 그 권력을 남과 나누는 것을 받아들였다.

더 이상한 점은 히틀러의 반응이었다. 그도 역시 우물

쭈물 투덜거렸다. 「그렇다면 당신의 권한은…….」 그는 마치 자기에게 무슨 일이 벌어졌는지 이해하지 못하는 눈치였다. 헌법에 근거한 반박은 그의 이해력을 넘어서는 것이었다. 그리고 선전 선동 때문에 겉모양새를 중시했던 그는 갑자기 당황한 것이 틀림없었다. 헌법은 수학 같은 것이어서 속임수를 쓸 수 없다. 「반드시 그래야 한다면…….」 그러자 슈슈니크는 그때 진심으로 자신의 승리를 만끽했다. 마침내 약점을 잡았다! 그의 법학 전공과 그 학위로 히틀러를 잡은 것이다. 성공이다. 영악한 변호사가 무식하고 하찮은 선동가를 잡았다. 그렇다. 헌법은 존재하고 그것은 흰개미나 생쥐를 위한 것이 아니고, 그렇다, 그것은 총리, 진정한 국가수반을 위한 것이다. 이보시오, 선생, 왜냐하면 헌법적 규범은 나무 둥치나 경찰의 바리케이드만큼이나 강력하게 당신이 가는 길을 가로막을 수 있기 때문이오!

그때 히틀러는 극도의 흥분 상태에서 집무실 문을 벌컥 열고 대기실 쪽으로 고함을 쳤다. 「카이텔 장군!」 그리고 그는 슈슈니크 쪽으로 고개를 돌리고 쏘아붙였다. 「나중에 호출할 거요.」 슈슈니크가 나가고 문이 닫혔다.

뉘른베르크 전범 재판에서 카이텔 장군은 그다음 이어지는 장면을 설명했다. 그가 유일한 목격자였다. 장군이 집무실에 들어가자 히틀러는 그에게 그저 앉으라고 하더니 자신도 자리에 앉았다. 저 신비스럽던 나무 문 안에서 총통은 딱히 할 말이 없다고 하더니 한동안 움직이지 않고 침묵을 지켰다. 그리고 아무도 더 이상 움직이지 않았다. 히틀러는 자기만의 생각에 잠겨 있었고 카이텔은 아무 말 없이 곁에서 자리를 지켰다. 총통은 카이텔을 장기판의 졸, 단순한 졸 그 이상으로 생각하지 않았고 그렇게 그를 활용했다. 아주 이상하게 보일지 몰라도 그 길고 길었던 몇 분간의 면담에서 아무 일도, 철저하게 아무 일도 벌어지지 않았던 이유가 여기에 있다. 적어도 카이텔의 증언에 따른다면 그렇다.

그동안 슈슈니크와 그 자문관은 최악의 사태를 염려하고 있었다. 심지어 그들은 구금까지 염두에 두었다. 45분이 흘렀다……. 그들은 리벤트로프, 폰 파펜과 더불어 기계적으로 조약의 조항들에 대해 토론했다. 그런데 히틀러가 일점일획도 바꿀 수 없다고 했으니 아무 소용 없는 일이었다. 그것은 무슨 수를 써서라도 상황이 정상적으로 돌아간다는 모양새를 갖춰야만 했던 슈슈니크에게 단지 자기 위안의 수단이었을 것이다. 따라서 그는 이것이 마치 국가 정상 간의 진정한 회의이고 자신이 여전히 주권 국가의 대표인 것처럼 행동했다. 그러나 사실상 그는 이 고통스러운 상황에 돌이킬 수 없는 공식적 외양을 부여하는 것을 회피하고 싶을 따름이었다.

마침내 히틀러가 쿠르트 폰 슈슈니크를 호출했다. 찬바람을 돌게 한 후 온기를 불어넣고, 행동마다 어투를 바꾸는 것이 카리스마의 비밀이듯 그의 말에서 가시가 사라졌다. 「난생처음으로 나는 한번 내렸던 결정을 번복하기로 했소.」 히틀러는 마치 커다란 특권이라도 부여하는 듯 내뱉었다. 그 순간 아마도 히틀러는 미소를 지었을 것이다. 깡패나 미치광이가 웃으면 거기에 저항하기가 힘들게 마련이다. 자신이 처한 불행의 원천과 조속히 손을 끊고 평화를 원하게 된다. 그리고 두 차례의 정신적 고문의 와중에 이런 미소는 아마도 장마철의 햇살처럼 특별한 매력을 지녔을 것이다. 그리고 히틀러는 갑자기 속내를 털어놓는 친밀함에 진지함까지 겸한 말투로 덧붙였다. 「내가 다시 말하지만, 이것이 마지막 기회일 것입니다. 이 조약이 지금부터 사흘 내로 발효되길 기대합니다.」 아무것도 바뀌지 않았고 심지어 겨우 얻어 낸 세부 조항의 변경이 고려되지 않았을 뿐 아니라 최후통첩까지의 유예 기간이 아무런 이유 없이 닷새나 당겨졌지만 슈슈니크는 군말 없이 수락했다. 힘이 모두 빠진 그는 마치 양보를 얻어 낸 것처럼, 처음보다 더욱 모욕적인 조약에 합의하고 말았다.

관련 서류가 비서실로 발송된 후 대화는 화기애애하게 이어졌다. 더욱 가관인 것인 히틀러가 다시 슈슈니크를 〈총리 각하〉로 호칭한 것이다. 마침내 타자기로 작성된 서류에 서명을 하자 제국의 총통이 슈슈니크와 그 자문관에게 저녁 만찬을 위해 머물러 달라고 제안했다. 그들은 정중하게 초대를 거절했다.

결정을 내리지 않는 방법

이후 이어지는 날 동안 독일군은 위협 작전에 돌입했다. 히틀러는 가장 뛰어난 장군들에게 침공의 예비 단계를 흉내 내라고 요구했다. 기상천외한 일이었다. 군사 역사에서 온갖 위장 전술이 있었지만 이번에는 그 성격이 전혀 달랐다. 이것은 전술이나 전략의 한 단계가 아니었다. 아직 어느 쪽도 전쟁 상태에 있지 않았다. 이것은 그저 단순한 심리전, 협박이었다. 독일군 장성들이 이런 연극적 공세에 동의했다는 생각만으로도 놀라운 일이다. 아마도 엔진에서 부릉부릉 소리를 나게 하고 프로펠러를 돌리고 심드렁하게 빈 트럭을 국경 근처에 돌아다니도록 했을 것이다.

빈에 있는 미클라스 대통령 집무실에서 공포심이 고조되었다. 작전이 효과를 발휘한 것이다. 오스트리아 정부는 독일군이 이번에야말로 침공을 준비한다고 상상했다. 온갖 종류의 광적인 방책을 고안했다. 히틀러가 태어난 도시 브라우나우암인을 1만 명의 주민과 어부의 분수대, 병원, 선술집과 더불어 그에게 선물하면 그의 욕심을 잠재울 수 있다고 믿었다. 그렇다. 그의 고향과, 조개껍질 모양의 아름다운 채광창이 달린 그의 생가를 그에게 넘겨주자. 그에게 추억의 한 갈피를 넘겨주고 그가 우리를 부디 편하게 내버려 두길! 슈슈니크는 자기의 작은 왕좌를 보존하기 위해 무슨 짓을 더 꾸며내야 할지 알 수 없었다. 임박한 독일의 침략이 두려운 나머지 그는 미클라스에게 조약을 수락하고 자이스잉크바르트를 내무부 장관에 임명할 것을 간청했다. 자이스잉크바르트는 괴물이 아니라고, 온건한 나치당원이자 진정한 애국자라고 슈슈니크는 장담했다. 그리고 따지고 보면 모두 좋은 가문 출신끼리 모인 셈이다. 나치당원인 자이스잉크바르트나 히틀러가 겁박한 작은 독재자 슈슈니크는 거의 친구 사이였다. 두 사람 모두 법학을 전공했고 로마 대법전을 뒤적거렸으며 한 사람은 로마인들의 신기한 개념인 무주물 (無主物)에 대해 현학적 소논문을 작성했는가 하면 다른 사람은 교회법의 사소한 논란거리를 다룬 발표문을 써서 주목을 받기도 했다. 게다가 그들은 음악을 미친 듯 사랑했다. 그들은 브루크너의 숭배자였고 가끔 총리 관저 사무실에서 브루크너의 음악 언어를 논하기도 했다. 빈 회의가 열렸던 그곳은 탈레랑이 뾰족한 구두를 신은 발을 질질 끌며 독설을 날리던 곳이었다. 슈슈니크와 자이스잉크바르트는 또 다른 평화 전문가 메테르니히의 그림자에 숨어 브루크너에 대해 이야기했다. 그들은 신앙과 겸양으로 이뤄진 브루크너의 삶에 대해 이야기를 나누었다. 신앙과 겸양이란 단어를 듣자 슈슈니크의 안경에 김이 서렸고 목소리가 가라앉았다. 아마도 그의 첫 부인, 끔찍한 교통사고, 회한과 슬픔의 시절을 생각했을 것이다. 자이스잉크바르트도 작고 동그란 안경을 벗고 창가를 따라 걸으며 긴 악구를 되새겨 보았다. 그는 울컥하는 어떤 감정을 담아 불행한 브루크너가 석 달 동안 정신 병원에 입원했었다고 속삭였다. 그러자 슈슈니크는 고개를 숙였다. 그리고 안톤 브루크너는 그의 길고 단조로운 산책 중에 나뭇잎의 숫자를 셌고 일종의 은밀하고 무용한 집착을 갖고 이 나무에서 저 나무로 옮겨가며 고통스러운 눈으로 나뭇잎의 숫자가 늘어나는 것에 불안감을 느꼈다고 했다. 브루크너는 또 인도의 포석, 건물의 창문의 숫자도 셌고 어떤 부인과 대화를 하다가도 그녀의 목걸이에 달린 진주알의 숫자를 세는 것을 참지 못했다. 키우던 개의 털 가닥 숫자를 헤아렸고 행인의 머리카락 수를 헤아렸고 하늘의 구름 숫자를 셌다. 사람들은 이를 강박 신경증이라고 일컬었다. 그것은 그를 소진시키는 일종의 불이었다. 자이스잉크바르트는 대연회장의 샹들리에에 시선을 고정한 채 말을 이어 갔다. 그는 브루크너가 조롱조의 침묵으로 자신의 음악적 테마를 분리시켰다고 했다. 그의 교향곡은 테마들의 교묘한 배열, 규칙적 연쇄를 통해 이뤄진 것 같다고 했다. 자이스잉크바르트는 대계단의 난간에 손을 짚고 그의 전개 기법이 너무도 탄탄하고 가차 없는 논리적 토대에 복종한 나머지 9번 교향곡을 마무리하는 게 불가능한 지경에 이르렀다고 중얼거렸다. 브루크너는 2년 동안 마지막 악장을 포기해야만 했다. 그리고 끊임없는 수정 작업 탓에 동일한 대목에 대해

17개의 수정본을 남기기까지 했다.

슈슈니크는 주저함과 반성으로 이뤄진 이 광적인 체계에 매료되었을 것이다. 증언에 따르면 그는 자이스잉크바르트와 더불어 브루크너의 9번 교향곡에 관한 한담을 즐겨 했는데, 그 이유는 아마도 이 교향곡이 웅장한 금관악기, 그리고 섬뜩한 침묵, 이어지는 클라리넷의 숨결, 다시 바이올린이 천천히 토해 내는 반짝거리는 핏방울로 이뤄졌기 때문이다. 또한 그들은 종종 높고 긴 이마, 아주 섬세한 음악가의 태도, 그리고 가는 나뭇가지처럼 손에 쥔 지휘봉 등을 떠올리며 푸르트벵글러를 언급하기도 했다. 그러다가 화제가 리하르트 바그너의 지휘 아래에서 베토벤을 연주했던 니키슈로 돌아온다. 작지만 숭고한 몸짓으로 작품의 오장육부를 해방시키려는 듯하고, 아주 단순하지만 오케스트라의 음을 가장 풍요롭게 발전시킬 수 있었던 아르투어 니키슈의 박자감. 살리에리의 제자 중 하나인 리스트가 지휘했던 그 악장에 대해 이야기하다가 마침내 신의 뜻인 양 그들은 베토벤, 모차르트로 화제를 옮겼다가 대화의 광기에 휩쓸려 결국 가장 냉혹한 빈곤함에 다다른 하이든에 대해 이야기했다. 우리가 알고 있는 오페라, 교향곡, 미사곡, 오라토리오, 콘체르토, 행진곡, 무곡을 무한정 작곡했던 작곡가이기 이전에 하이든은 마차 수리공 아버지와 요리사 어머니 사이에서 태어난 가난한 아들이었다. 빈의 거리를 헤매던 가난한 방랑자였던 그는 장례식이나 결혼식에서 재능을 발휘해 칭찬받곤 했다. 그러나 가난은 슈슈니크와 자이스잉크바르트의 취향이 아니었다. 그렇다. 그들은 리스트와 더불어 아름다운 유럽의 살롱을 돌아다니는 다른 길, 다른 이야기를 선호했다.

그런데 자이스잉크바르트의 행로는 슈슈니크에 비해 그 끝이 좋지 않았다. 그의 한심한 행보는 크라쿠프와 헤이그에서 근무한 후 뉘른베르크 법정에 출석하는 것으로 끝났다. 그리고 당연하게 그는 모든 것을 부정했다. 오스트리아가 독일 제3제국에 합병되는 데에 핵심 주역 중 하나였던 그는 아무 짓도 하지 않았다. 〈지도자 집단〉의 친위대 명예 직급을 받았던 그가 아무것도 보지 않았다. 히틀러의 무임소 장관이었던 그가 아무 말도 듣지 못했다. 폴란드 총독으로서 폴란드 저항 운동의 폭력적 제압에 개입했던 그가 아무런 명령도 내리지 않았다. 네덜란드의 제국 전권 위원이 되어, 뉘른베르크 재판에서의 피소 내용에 따르면 4만 명을 처형했으며 진정한 반유대주의자로서 유대인을 모든 고위직에서 발본색원했고 네덜란드에 거주했던 10만 명의 유대인을 죽음으로 몰아간 조치와 무관하지 않은 그는 아무것도 모르고 있었다. 그리고 법정에 호출되자 그는 변호사 기질을 되살려 열변을 토하고 이 자료, 저 자료를 들이밀고 산더미 같은 서류를 꼼꼼하게 뒤졌다.

1946년 10월 16일 쉰넷에 이른 그는 학교 교장이던 에밀 자이티흐의 아들이었으나 이 이름을 버리고 독일식 이름으로 개명했다. 모라비아의 슈타네른에서 유년기를 보낸 후 아홉 살에 빈으로 이사한 그는 지금 뉘른베르크 법정에서 허공에 서 있다. 그리고 차가운 얼음 태양 같은 눈부신 전등이 밤낮으로 켜져 있는 감방에서 감시를 받으며 몇 주를 보낸 후 교수대 위로 오르게 된다. 밤에 마지막 순간이 왔다는 소식을 듣고 안마당으로 이어진 계단 몇 개를 휘청거리는 발걸음으로 내려와 도열한 군인들 사이로 일렬로 걸어가 아홉 명의 사형수가 죽은 후 이제 마지막으로 그의 차례가 되어 비척비척 집행관의 뒤를 따라갔다. 교수대가 세워진 허름한 헛간처럼 생긴 구조물에 리벤트로프가 가장 먼저 올라갔다. 예전에 종종 그러했듯이 도도한 표정도 아니고 베르크호프 협상에서 보여 주었던 단호한 모습도 아니고 임박한 죽음을 앞두고 겁에 질린 모습이었다. 다리를 저는 한 노인.

그러고 나서 자이스잉크바르트 이전에 다른 여덟 명이 앞서갔다. 그는 사형 집행관 쪽으로 한 걸음 다가갔다. 그를 보았던 마지막 목격자는 존 C. 우즈였다. 탐조등 아래에서 눈이 부신 나비처럼 서 있던 자이스잉크바르트의 시야에 돌연 우즈의 커다란 얼굴이 들어왔다. 모순되고 어색한 전문어로 작성된 건강 진단서에 따르면 우즈는 약간 정신 지체자였다. 그렇지 않다면 누가 그런 고역을 감당할 수 있겠는가? 다른 증언에 따르면 그는 알코올 중독자에다가 허풍이 센 한심한 작자였다. 사형 집행관으로 15년간 충실히 업무를 수행하고 말년에 이른 그는 위스키를 열댓 잔 들이킨 후, 정확한 숫자에는 논란이 있겠지만 347명을 목매달았다고 자랑하곤 했다. 10월 그날도 신참 집행관이었지만 이미 꽤 많은 사람을 처형해 본 터였다. 한 장의 사진에서 우리는 1946년 어느 날 역시 동아줄과 자루의 인간이었던 요한 라이히하르트와 함께 30명을 처형했던 우즈의 모습을 볼 수 있다. 왼쪽 줄은 우즈 몫이고 오른쪽은 라이히하르트 몫이었다. 라이히하르트는 제3제국에서 수천 명의 교수형을 집행한 적이 있고 미군은 필요에 의해 그를 채용했다. 따지고 보면 죽음은 자신이 보여 줄 수 있는 모습을 우리에게 제공하는데 자이스잉크바르트에게 제공된 죽음의 모습은 그 불그레하고 둥글둥글한 사형 집행관의 얼굴이었다.

그 순간 자이스잉크바르트는 자신만의 언어를 찾아보았다. 그러나 그 언어가 어디에 있을까? 사교계의 수다, 명령, 법정의 논리적 언어는 이제 동이 났다. 남은 것은 오로지 한 문장뿐이었다. 무의미한 한 문장. 너무 빈약한 단어라서, 속이 훤히 들여다보이는 단어라서, 이상한 표현으로 끝나 버린 단어들. 「나는 독일을 믿는다.」 그러자 우즈는 그의 얼굴에 자루를 씌우고 밧줄을 두른 후 교수대를 작동시켰다. 그리고 자이스잉크바르트는 폐허가 된 세상 한가운데에서 갑자기 구멍 속으로 사라졌다.

절망적 시도

그러나 우리의 이야기는 아직 1938년 2월 16일에 머무르고 있다. 최후통첩 시한을 몇 시간 앞두고, 대통령궁에 칩거하던 미클라스도 결국 굴복하고 말았다. 돌푸스의 암살자들은 사면되었고 자이스잉크바르트가 내무부 장관에 임명되었으며 돌격대 대원은 대형 깃발을 추켜들고 린츠 시내를 행진했다. 서류상으로 오스트리아는 죽었다. 오스트리아는 독일의 신탁 통치 아래로 들어갔다. 그러나 우리가 보았다시피 거기에는 농밀한 악몽도 장엄한 공포도 없었다. 그저 술책과 사기의 지저분한 측면만 있을 뿐이다. 고도의 폭력이나 잔인하고 비인간적 언어도 없었고 단지 거친 협박, 반복적이고 천박한 선동뿐이었다.

하지만 며칠 후 슈슈니크가 짜증을 냈다. 이 강요된 조약이 목에 가시처럼 거슬렸다. 그는 충동적으로 오스트리아는 독립국으로 남을 것이며 합병은 더 이상 진전되지 않을 것이라고 의회에서 선언했다. 사태가 악화되기 시작했다. 나치당원들이 거리에 뛰쳐나와 공포심을 자아냈다. 나치당원인 자이스잉크바르트가 이미 내무부 장관이었기 때문에 경찰은 개입하지 않았다.

원한에 찬 군중, 완장을 차고 군대식 계급장을 단 의용대, 가짜 딜레마에 사로잡힌 청년들, 이들이 끔찍한 모험에 열정을 낭비하는 사태보다 나쁜 것은 없다. 그 순간 오스트리아의 작은 독재자 슈슈니크는 자신의 마지막 카드를 던졌다. 그러나 모든 판에는 결정적 순간이 존재하며 그것을 넘어서면 돌이키기 어렵다는 것을 그는 알았어야 했다. 상대편이 으뜸 카드를 가득 쥐고 흔들면서 나머지 카드를 쓸어 가는 모습을 지켜보기만 해야 한다. 제때에 사용할 줄 몰랐고 잃지 않으려고 신경을 곤두세우고 손에 쥐고만 있었던 퀸 카드, 킹 카드가 사라진다. 슈슈니크는 아무것도 아니었기 때문이다. 그는 아무 직책도 없고 그 누구의 친구도 아니고 그 무엇의 희망도 아니었다. 오히려 그는 귀족의 거만함, 완전히 퇴행적인 정치 개념 등 모든 결점을 지니고 있었다. 8년 전 유사 군사 조직인 청년 가톨릭 모임의 우두머리였고 자유의 시체 위에서 춤췄던 그는 자유의 여신이 그를 구하러 날아오길 희망할 수 없었다! 그의 칠흑 같은 밤에 돌연 한 줄기 햇살이 비치는 일은 없을 것이며, 그의 마지막 임무를 완수하라고 유령이 격려의 미소를 짓는 일도 없을 것이다. 대리석처럼 단단한 어떤 말, 그 어떤 은총의 기미나 빛의 전령도 그의 입에서 나오지 않을 것이다. 그의 얼굴은 눈물로 범벅이 되지 않을 것이다. 슈슈니크는 한심한 카드 도박사, 가련한 계산기에 불과했다. 심지어 그는 이웃 나라 독일의 진실성, 방금 그에게서 강탈한 조약의 충실성을 믿는 것처럼 보였다. 그는 조금 시간이 지나서야 울분을 터뜨렸다. 그가 예전에 모욕했던 온갖 여신들에게 호소하고 이미 죽어 버린 독립을 위해 하잘것없는 구두 약속을 꺼내 들기도 했다. 그는 진실을 직시하고 싶지 않았다. 하지만 이제 무시무시하고 피할 수 없는 진실의 여신이 그에게로 다가왔다. 그리고 그녀는 그의 타협이 지닌 고통스러운 비밀을 그의 얼굴에 토해 냈다.

그러자 물에 빠진 사람이 지푸라기라도 잡는 심정으로, 그는 이미 4년 전부터 금지되었던 노동조합과 사회 민주당에게서 기댈 언덕을 찾았다. 국가가 풍전등화 꼴이니 사회 민주당은 그를 지지하기로 수락했다. 슈슈니크는 곧바로 국가 독립을 국민 투표에 회부하자고 제안했다. 히틀러는 불같이 화를 냈다. 3월 11일 금요일 아침 5시 하인이 슈슈니크를 깨웠고 그날은 그의 생애 가장 긴 하루가 될 것이었다. 그는 일어나 바닥을 디뎠다. 마룻바닥은 차가웠다. 슬리퍼를 신었다. 독일군의 대이동이 있다는 보고를 받았다. 잘츠부르크 국경은 폐쇄되었고 독일과 오스트리아를 잇는 철도도 끊겼다. 뱀 한 마리가 어둠 속으로 미끄러져 들어왔다. 삶의 고단함이 견딜 수 없었다. 그는 돌연 자신이 아주 늙었다고, 흉측할 정도로 늙었다고 느껴졌다. 그러나 그런 생각에 빠질 시간은 얼마든지 있을 것이다. 그는 제3제국 치하에서 7년 형을 살아야 할 터였고 그 7년 동안 과연 가톨릭 유사 군사 조직을 설립한 것이 잘한 짓인지 아닌지 자문하고 무엇이 진정 가톨릭적이고 무엇이 그렇지 않은지를 따져 보며 무엇이 빛이고 무엇이 잿더미인지 구분하는 7년의 시간을 갖게 될 것이었다. 그러나 이런 특권이 있더라도 수감 생활은 끔찍한 시련이다. 연합국에 의해 석방된 후에야 그는 평안한 삶을 영위할 것이다. 그리고 마치 우리 누구라도 두 번의 삶이 가능하고 죽음과의 유희가 우리의 꿈을 파괴할 수 있으며 7년간의 어둠 속에서 그가 신에게 던진 〈내가 누구인가?〉라는 질문에 〈네가 아닌 다른 누구〉라는 신의 답변을 들었다는 듯 전직 총리는 미국에 정착해서 모범적 미국인, 모범적 가톨릭 신자, 그리고 세인트루이스 대학교의 모범적 교수로 살 것이다. 거기에 한 발자국 더 나아가 그는 실내복 차림으로 매클루언과 더불어 구텐베르크 은하계에 대한 토론도 했을 법하다!

전화에 매달려 보낸 하루

 오전 10시경 프랑스 공화국 대통령 알베르 르브룅은 집무실 유리창에 시선을 돌리며 에므랭주와 프뤼지이산 와인에 이런 명칭이 진정으로 적합한지 따져 보며 보졸 레 와인 원산지 증명 호칭에 관한 법령(1938년 3월 11일 자로 제정된 유명한 법령)을 결제했다. 밖에 비가 내렸고 시적 감상에 빠진 르브룅의 귀에는 유리창을 때리는 작은 빗방울이 마치 초보자가 연주하는 피아노곡의 한 소절처럼 들렸다. 그는 거대한 서류 더미 위에 법령안을 올려놓았다. 쓰레기 더미야! 그리고 향후 임기 동안 필요한 국가 복권(福券) 사업 예산안을 확정하는 다른 서류를 들여다보았다. 그가 대통령직에 오른 이후 대여섯 번 결재한 서류였다. 강변의 큰 나무에 제비가 찾아오듯 어떤 법령은 매년 반복해서 그의 책상 위에 올라왔다. 이렇듯 알베르 르브룅이 자신만을 비추는 커다란 램프 아래에서 도무지 끝날 것 같지 않은 몽상에 빠져 있었을 때 빈에서는 슈슈니크 총리가 아돌프 히틀러로부터 최후통첩을 받았다. 국민 투표 계획을 철회하거나, 독일이 오스트리아를 침공하는 사태였다. 모든 토론이 배제되었다. 체면치레를 위한 환상은 끝났고 이제 화장을 지우고 옷을 벗어야만 했다. 길고 긴 네 시간이 흘렀다. 오후 2시, 슈슈니크는 점심을 거르고 마침내 국민 투표를 취소했다. 휴우. 만사가 예전처럼 계속될 것이다. 다뉴브 강변에서의 산책, 고전 음악, 경박한 수다, 그리고 데멜이나 자허의 과자들.

전혀 그렇지 않았다. 괴물은 예상보다 훨씬 식욕이 왕성했다. 그는 슈슈니크의 퇴임과, 공석이 된 오스트리아 총리직에 자이스잉크바르트의 임명을 요구했다. 간단한 요구였다. 「악몽이야, 도무지 그칠 줄 모르네!」 젊은 시절 1차 대전 중 이탈리아의 포로였던 슈슈니크는 연애 소설보다 그람시의 짧은 글들을 읽었을 것이다. 그렇다면 아마도 〈적과 토론할 때 적의 몸 안에 들어가려고 노력하라〉라는 문장을 읽었을 것이다. 그러나 슈슈니크는 누구의 몸 안으로도 들어간 적이 없고 몇 년 동안 돌푸스에게 아첨한 후 그의 옷을 대신 입었을 뿐이다. 남의 입장이 되어 본다고? 그는 그런 일이 무엇인지 짐작조차 못 한다! 그는 폭행당한 노동자, 체포된 노동조합원, 고문당한 민주 인사, 그 누구의 입장에도 서본 적이 없었다. 게다가 인제 와서 괴물의 입장이 되는 일이 가당키나 할 것인가! 그는 망설였다. 미룰 때까지 미루다가 마지막 순간까지 이르게 된 것이다. 그러자 그는 평소와 다름없이 타협하고 말았다. 힘과 종교, 질서와 권위의 인간이었던 그는 이제 무엇이든 요구하면 허락하고 있었다. 거칠게 몰아붙이기만 하면 만사형통이었다. 그는 사회 민주주의자들이 요구하는 자유에 대해서는 단호하게 거절했다. 언론의 자유를 요구하는 목소리에는 용기 있게 거부했다. 민선 국회의 유지에 대한 것도 거절했다. 집회 결사의 권리, 자기 정당 외 다른 정당의 존립 권리도 거부했다. 전쟁이 끝난 후 미국의 미주리 소재 세인트루이스 대학교에서 정치학 교수로 초빙할 사람이 바로 이런 자이다. 정치학에 대해 뭔가 조금 알 것이라고 믿고서. 모든 공적 자유에 반대한 이런 작자를. 잠깐 망설인 끝에 ── 나치의 개떼가 총리 관저에 들어서자 ── 그토록 단호했던 인간, 거부의 인간, 부정적인 것으로 똘똘 뭉친 작자가 독일 쪽으로 돌아서더니 목이 멘 목소리로 콧잔등이 벌겋게 변하고 눈이 축축해지더니 다 죽어 가는 소리로 〈좋습니다〉라고 말했다.

마침내! 그는 회고록에서 더 이상 할 수 있는 게 아무것도 없었다고 털어놓았다. 사람들은 무슨 수를 써서라도 변명거리를 찾아낸다. 아무튼 그는 마음에 상처는 받았지만 내심 홀가분해져서 대통령궁으로 갔다. 그는 공화국 대통령 빌헬름 미클라스에게 사임장을 제출했다. 그런데 놀랄 일이 벌어졌다. 미클라스. 우체국 말단 직원의 아들이자 허수아비처럼 명분만 옹호하고 평소에는 돌푸스, 그리고 슈슈니크의 곁자리만 얌전하게 지켰던 무능한 미클라스가 그의 사임을 거부한 것이다. 빌어먹을! 괴링에게 전화를 걸었다. 괴링도 이 멍청한 오스트리아인들에게 손발 다 들었다고 했다! 그는 만사가 귀찮으니 전화하지 말라고 했다. 그러나 히틀러는 그렇게 생각하지 않았다. 히틀러는 미클라스가 이 사표를 수리해야만 한다며, 양손에 제각기 수화기를 들고 악을 썼다. 그는 강력히 요구했다. 골수 독재자들일수록, 모든 관례는 노골적으로 짓밟으면서 마치 적법 절차만은 위반하지 않았다는 인상을 주려는 듯 악착같이 형식을 지키려고 하는 것은 묘한 노릇이었다. 권력만으로는 충분하지 않고 자신들이 짓밟는 중인 적들의 의례적 절차를 자신들의 입맛에 맞게 만들어 최종적으로 적들이 준수하게 강요하는 데에서 또 다른 쾌락을 덤으로 느끼고자 하는 것 같았다.

어쨌거나 3월 11일, 이날은 길고 길었다! 미클라스 집무실의 시곗바늘은 나무를 좀먹는 애벌레처럼 째깍, 째깍 집요하게 계속 돌아갔다. 미클라스, 그는 전광석화 같은 인간이 아니었고 그저 돌푸스가 오스트리아에 그의 미미한 독재 정치를 안착시키는 것을 방치하면서 단 한마디도 거들지 않고 대통령 자리를 보존할 수 있었다. 헌법을 위반하는 행위에 대해서도 미클라스는 사석에서나 비판했다는 말이 떠돌았다. 노련한 수법! 그러나 미클라스, 그는 묘한 인물이었다. 3월 11일 오후 2시 무렵 모든 사람들이 주눅 들기 시작했고 슈슈니크는 만사에 〈예〉를 남발하는데 미클라스가 〈아니요〉라고 한 것이다. 그는 노동조합 운동원 세 명, 언론사 사장 두 명, 정중한 사회 민주당 의원 무리에게 〈아니요〉라고 하지 않았다. 그런데 히틀러에게 〈아니요〉라고 한 것이다. 미클라스, 그는 이상한 작자이다. 그토록 미미하고 단순한 단역이자 5년 전부터 죽은 공화국의 대통령이었던 그가 반발한 것이다. 지방 유지다운 기름진 얼굴, 지팡이, 정장, 중절모와 회중시계, 이런 모습의 그가 더 이상 〈예〉라고 말할 수 없었던 것이다. 인간이란 알 수 없는 존재이다. 어떤 멍청한 놈이 갑자기 자아의 심오한 구석을 천착하고 거기에서 뒤틀어스러운 저항 의식, 작은 못, 작은 가시 하나를 찾아낸다. 자, 그렇게 해서 겉보기에는 지조도 없는 작자, 자존심도 없는 바보가 불쑥 머리를 치켜들고 저항한다. 아, 물론 오래가지 않지만 어쨌든 자기 고집을 내세운 것이다. 그날 하루가 미클라스에게는 아주 길었을 것이다.

처음 몇 시간 동안 압력을 받다가 그가 물러섰다. 나치스는 홀가분해졌다. 레드 카펫을 깔아 놓고 탱크를 몰고 오는 중이었지만 그들은 절대적으로 미클라스의 동의를 얻고자 했다. 「그렇다, 슈슈니크야 사임할 수 있지. 그건 그렇다 쳐도 내 결심은 단호하다.」 놀라운 식언. 게다가 동의하고 입에 침도 마르기 전인 오후 7시 30분 무렵, 슈슈니크가 역사의 망각 속으로 떨어지자마자 안심한 나치스가 자이스잉크바르트의 취임식을 축하하려고 샴페인을 막 터뜨리려던 참에 미클라스는 그들의 바짓가랑이를 잡아끌며 쭉정이 같은 슈슈니크의 사임에는 동의했지만 자이스잉크바르트의 취임은 단호하게 거부한다고 말했던 것이다.

그때는 막 오후 8시였다. 미클라스를 협박하는 데에도 지쳤고 국제 사회에 분노를 일으키지 않기 위해 (당연히 국제 사회는 아무런 의심도 하지 않았다) 교과서에 나와 있는 것처럼 그 어떤 고려보다도 우선 격식을 지키려는 데에 집착했던 독일인들은, 반대를 무릅쓰고라도 강행하기로 결정했다. 자이스잉크바르트가 아직 총리에 임명되지 못한 것은 아쉽지만 내무부 장관인 그를 이용할 것이다. 대놓고 국제법을 위반한다는 인상을 주지 않고 독일 방위군이 오스트리아 국경을 넘게 하기 위해서 그들은 자이스잉크바르트에게 독일군을 그 아름다운 나라에 기꺼이, 그것도 신속하고 공식적으로 초대하고 싶다는 뜻을 밝히라고 요구했다. 오! 물론 미클라스가 그를 총리에 임명하는 것을 원치 않았기 때문에 그는 장관에 불과했지만 관례를 조금 비틀어 버려야만 했다. 헌법을 아무리 열심히 지키려고 해도 뾰족한 수가 없었고 상황이 엄중한 터라 그보다 중요한 것은 아무것도 없었다.

그래서 그들은 자이스잉크바르트에게 연락한 후, 나치스에게 완력을 빌려 달라고 요청하는 그의 짧은 전문을 기다렸다. 8시 30분인데 아무 일도 벌어지지 않았다. 가늘고 긴 잔 속의 샴페인은 김이 빠지고 있었다. 빌어먹을, 자이스잉크바르트는 뭘 하고 있는 거야? 독일인들은 일이 빨리 진행되고, 그가 서둘러 짧은 전문을 작성해서 마음 놓고 저녁 식사를 즐길 수 있기를 원했다. 히틀러는 제정신이 아니었다. 그는 몇 시간째 기다렸다. 어쩌면 몇 년째 기다렸는지도 모른다! 정확히 8시 45분, 견디다 못한 그는 마침내 오스트리아 침공 명령을 내렸다. 자이스잉크바르트의 초대장은 아쉽게도 물 건너갔다. 하지만 그것 없이도 할 수 있다! 법, 아쉽지만 할 수 없고, 헌장, 헌법, 조약, 법률, 모두 물 건너갔다. 이런 것은 모두 규범적이고 추상적이며 일반적이고 비인격적인 작은 해충들, 이것은 함무라비의 애첩들, 듣자 하니 한결같이 창녀들이었다고! 기정사실이 모든 법 중에서 가장 견고한 것이 아닐까? 누구의 허락도 받지 않고 오스트리아를 침공할 것이고 기꺼이 그렇게 할 것이다.

그럼에도 불구하고 침공이 시작되자마자, 어쨌거나 형식을 갖춘 초대였다면 보다 확실했을 것이란 생각이 들었다. 그래서 그들은 자신이 받았으면 좋았을 내용의 전보문을 작성했다. 자기가 꿈꾸었던 연애편지를 애인에게 받아쓰게 하는 것으로 흡족해하는 사람들도 있고 사랑이 그런 식으로 이뤄지기도 한다. 3분 후 자이스잉크바르트는 자기가 히틀러에게 보내야만 하는 전문을 받았다. 그렇게 교묘한 소급 효과를 통해 침공은 초대로 탈바꿈하게 될 것이다. 빵이 살로, 포도주가 피로 변해야만 한다. 그런데 또 다른 예기치 못한 일이 벌어졌다. 아주 고분고분하던 자이스잉크바르트가 아직 오스트리아의 껍질을 벗겨 팔아먹을 준비가 되지 않은 듯했다. 시간은 흐르는데 전보는 오지 않았다.

장시간의 토론 끝에 자정 무렵, 나치당원들이 권력의

핵심 자리를 이미 차지했고, 자이스잉크바르트는 여전히 고집스레 전보문의 결재를 거부하는 와중에, 빈 도심에서는 살인, 폭동, 방화와 비명소리로 어지러운 거리에서 유대인들이 머리채가 잡힌 채 끌려다니는 등 광기 어린 장면이 이어졌던 반면, 위대한 민주주의 국가들은 마치 아무것도 보지 못한 양 영국은 드러누워 평화롭게 코를 골고 프랑스는 단꿈에 빠져서 세상 모두가 나 몰라라 하는 그 순간, 늙은 미클라스는 마침내 무거운 어깨를 한 번 으쓱하더니 지치고, 아마도 역겨운 심정으로 마지못해 나치당원 자이스잉크바르트를 오스트리아의 총리로 임명했다. 종종 커다란 재앙은 살금살금 다가온다.

다우닝가에서의 작별 오찬

　다음 날, 리벤트로프는 런던에서 체임벌린이 주최한 작별 오찬에 초대되었다. 영국에서 몇 년 근무한 독일 대사는 이제 막 승진한 참이었다. 이제부터 그는 외무부 장관이었다. 그는 며칠간 휴가를 내어 런던으로 돌아와 그의 집 열쇠를 반환하려고 했다. 들리는 소문에 의하면 전쟁이 일어나기 전에 리벤트로프는 여러 채의 집을 소유했던 체임벌린에게서 아파트 한 채를 임차했다. 〈임대인〉이라 불렸던 네빌 체임벌린은 〈월세〉를 받는 대신 요아힘 폰 리벤트로프에게 이턴 광장 근처의 집을 빌려줘서 안락한 즐거움을 보장하는 계약으로 얽혀 있었는데 이런 사소한 사실, 인간과 그 이미지 간의 묘한 충돌에서 그 누구도 사소한 시빗거리조차 찾아낼 수 없었다. 체임벌린은 월세를 받는 도중에 두 가지 나쁜 소식, 두 번의 저열한 수작을 감수해야만 했다. 그러나 임대 사업은 돌아가야만 했다. 따라서 누구도 거기에서 비정상적 측면을 꼬집지 않았고 이 로마법의 작은 사안에 하찮은 의미조차 부여하지 않았다. 한심한 악마가 절도죄로 잡히는 바람에 수많은 전과까지 드러나 비난받는 처지가 되면 돌연 우리 앞에 실체적 사실들이 나타난다. 그러나 그 사실들이 체임벌린과 관련되었다면 우리는 신중해야만 한다. 일정한 예절을 갖춰야 하며, 그의 유화 정책은 그저 한심한 실수일 따름이고, 그의 임대 사업은 역사책의 한 페이지에서 고작 각주 자리나 차지할 정도이다.

식사의 전반부는 아주 화기애애한 분위기 속에서 진행되었다. 리벤트로프는 자신의 운동 실력을 자랑하고 자기와 관련된 몇몇 우스갯소리를 들려준 후 테니스의 즐거움에 관한 이야기를 꺼냈다. 알렉산더 캐도건 경은 그의 말을 경청했다. 리벤트로프는 우선 테니스의 서브 기술, 펠트와 고무로 된 작은 별인 테니스공, 그런데 한 경기조차 버티지 못하는 그것의 짧은 수명에 대해 장광설을 늘어놓기 시작했다. 그리고 반신반인(半神半人)처럼 서브를 구사하며 미래의 그 누구도 도달하지 못할 경지에 올라 1920년대에 홀로 군림했던 위대한 빌 틸든을 언급했다. 5년 동안 빌 틸든은 단 한 경기도 지지 않았고 일곱 차례 연속으로 데이비스 컵을 거머쥐었다. 그는 소위 포탄 서브를 구사했고 그의 체격은 이런 숭고한 기록에 절대적으로 적합했다. 넓은 어깨와 커다란 손을 지닌 그는 키가 크고 날씬했다. 리벤트로프는 끝나지 않는 이야기를 폭로와 자극적 일화로 장식했다. 틸든이 연승 가도를 달리던 시기의 초반 무렵에 손가락 끝이 절단되었다는 것이다. 실수로 손가락이 철책에 닿아 긁힌 사고였었다. 수술 후에는 마치 그 작은 손끝이 자연 선택의 진화에서 발생한 오류였고 현대 외과 수술이 그것을 교정했다는 듯 더욱 경기를 잘했다고 한다. 리벤트로프는 식탁용 냅킨으로 입술을 닦으며 강조하길 틸든은 무엇보다도 전략가였고 그의 저서 『잔디 코트의 예술』은 오비디우스의 책이 사랑의 기술에 관한 보고였듯 테니스 훈련에 관한 사유의 보고라고 했다. 그러나 젊은 시절 친구들이 장난삼아 〈리벤스노브〉[4]라 불렀던 사람에게 빌 틸든이라는 존재의 정수는 무엇보다도 여유, 즉 여유 만만한 태도에 있었다. 그리고 그의 우아한 백핸드는 정중한 인사와 닮았다. 하지만 테니스 코트에서 그는 절대 군주였고 아무도 그를 이길 수 없었다. 심지어 마흔 살이 넘은 그를 이겼던 상대 선수들도 그가 모든 경기에서 보여 주었던 도도한 스타일에 있어서는 그를 당해 낼 수 없었다. 그러더니 리벤트로프는 자신의 경기에 대해 살짝 언급했다. 사실 캐도건 경은 테니스 이야기에 진절머리가 났지만 독일 장관의 말을 미소 띠며 경청했다. 체임벌린 부인도 식사 첫머리부터 발목을 잡혀, 쏟아지는 말의 홍수를 점잖게 감수했다. 이제 리벤트로프는 화제를 돌려 캐나다에서 보냈던 그의 젊은 시절을 들먹였다. 하얀 셔츠와 바지를 입고 모카신 구두를 신은 채 마음만 먹으면 언제라도 에이스[5]를 날렸다고 했다. 심지어 자리에서 일어나 공중에 뜬 공을 치는 흉내를 내다가 잔을 떨어뜨렸는데, 정확히 잔을 붙잡았다. 그것은 꾸며낸 장난처럼 보였다. 그는 한동안 틸든으로 다시 화제를 돌렸고 1920년 무렵

---

4 리벤트로프의 이름에 〈속물snob〉이라는 단어를 섞은 별명.
5 테니스에서, 서브한 공을 상대방이 받지 못하여 득점하는 것.

1만 2천 명의 관중이 경기를 보러 왔는데 그것은 아직도 놀랄 만한 숫자라고 했다. 그러나 무엇보다도 틸든은 오랜 세월 동안 〈넘버 원〉으로 남았다는 말을 여러 차례 말했다. 천만다행으로 주요리 순서가 되었다.

전채로는 샤랑트 지방의 얼린 멜론이 제공되었고 리벤트로프는 요리에 아무 관심도 보이지 않은 채 자기 것을 꿀꺽 삼켜 버렸다. 주요리는 뤼시앵 탕드레의 요리법에 따른 루앙식 영계 요리였다. 처칠은 요리에 대한 찬사를 늘어놓더니 아마도 리벤트로프를 즐겁게 하고 캐도건 경을 놀리려는 듯 독일 장관에게 다시 테니스에 대한 화제를 꺼냈다. 이 빌 틸든이란 사람이 과거에 브로드웨이에서 배우를 했었고 한심하기 짝이 없는 두 편의 소설을 쓴 작가이기도 하지 않았던가요? 그중 하나는 『유령의 드라이브』이고 다른 하나는 『바람 빠진 주먹』, 뭐 그런 것이었는데. 리벤트로프는 모르고 있었다. 하긴 그는 틸든에 대해 모르는 것이 많았다.

오찬은 이렇게 이어졌다. 리벤트로프는 제집인 양 편안해 보였다. 하긴 깡패와 범법자들이 모인 나치당 한복판에서 그가 히틀러의 주목을 받은 것도 그의 여유, 〈올드 패션〉한 우아함과 예절 덕분이었다. 완벽한 비굴함이 바닥에 깔려 있는 그의 오만한 태도 덕분에 그는 남들이 부러워하는 직책인 외무부 장관 자리로 영전했다. 그리고 1938년 3월 12일 다우닝가에서 그가 생전에 누릴 수 있는 정점의 자리에 앉아 있는 것이다. 그는 멈과 포메리 샴페인 수입상으로 직업 세계에 첫발을 내디뎠고 히틀러는 독일을 위한 로비 활동을 하고 영국인의 속내를 캐내고 여기저기에서 정보를 주워 모으라고 그를 영국에 파견했었다. 혼란기 내내 그는 영국인들은 반항할 기운이 없는 자들이라고 줄곧 히틀러에게 장담했었다. 그는 항상 히틀러의 과대망상과 과격한 성향에 아첨하며 가장 과감한 행동을 추구하라고 부추겼다. 히틀러가 가끔 무심결에 〈샴페인 소매상〉이라 불렀던 사람 — 가장 음험한 사회 파괴자들 사이에서도 편견은 끈질겼다 — 이 나치의 영광스러운 계단을 밟아 올랐던 것도 바로 이런 태도 덕분이었다.

처칠의 회고록에 따르면, 오찬이 한창 진행되는 중에 외무부에서 파견된 사람이 들어왔다. 아마도 마지막으로 남은 영계의 다리를 나누던 중이었던가 레모네이드를 곁들인 하얀 치즈 빵을 먹는 순서였던가, 그게 아니면 시옹 타르트를 맛보고 있었을지도 모른다. 시옹 타르트를 만들려면 밀가루 2백 그램, 버터 1백 그램, 달걀 한두 개, 소금 한 꼬집, 약간의 설탕, 우유 4분의 1리터, 이 모든 것을 반죽할 전분과 물이 필요하다. 어떻게 굽고 장식을 덧붙이는지는 생략하겠다. 다우닝가에서는 종종 프랑스 요리법에 따라 요리하는데 네빌 체임벌린 총리는 프랑스 요리라면 사족을 못 썼다. 그리고 따지고 보면 요리 이야기가 끼어들지 말란 법이 있는가? 『제왕기*Historia Augusta*』의 어느 대목에서 예전 로마 원로원은 가자미 요리의 양념에 대해 몇 시간씩 논의했다고 분명히 쓰여 있다. 외무부 파견인이 캐도건 경에게 슬그머니 봉투를 건넨 것도 바로 포크가 바뀌는 순간이었다. 어색한 침묵이 흘렀다. 캐도건 경은 쪽지를 매우 꼼꼼하게 읽는 것처럼 보였다. 다시 천천히 대화가 이어졌다. 리벤트로프는 아무 일도 없다는 듯 이야기했다. 그는 안주인에게 몇 마디 칭찬을 소곤거렸다. 그때 캐도건이 일어나 체임벌린에게 쪽지를 건넸다. 캐도건은 방금 읽은 것에 놀라거나 불편해하는 표정은 아니었다. 그는 생각에 잠겼다. 체임벌린도 근심 어린 표정으로 쪽지를 읽었다. 그동안 리벤트로프는 연신 입심을 과시했다. 후식은 유명 요리사 에스코피에의 스타일에 따른 듯한 빨간 산딸기가 나왔다. 진미였다. 사람들은 정신없이 먹었고 캐도건은 쪽지를 들고 자기 자리로 돌아왔다. 그런데 처칠은 코커스패니얼 강아지의 눈만큼이나 커다란 그 눈을 동그랗게 뜨고 체임벌린을 바라보았고 체임벌린의 미간에 잡힌 깊은 주름살을 눈치챘다. 그래서 그는 걱정스러운 소식이 왔다고 결론 내렸다. 리벤트로프는 아무것도 보지 못했다. 그는 아마도 이제 막 장관 자리에 오른 기쁨을 만끽하고 있었을 것이다. 체임벌린 부인의 제안에 따라 거실로 자리를 옮겼다.

커피가 나왔다. 리벤트로프는 자신의 전문 분야인 프랑스 와인을 들먹이기 시작했고 오랫동안 지루한 대화를 이어 갔다. 무엇을 보여 주려는 것인지 모르지만 그는 눈에 보이지 않는 잔들의 피라미드 꼭대기에 얹혀 있는 눈에 보이지 않는 가느다란 샴페인 전용 잔을 잡더니 위엄 있게 건배를 들었다. 눈에 보이지 않는 잔은 차가웠고 눈에 보이지 않는 샴페인은 이상적인 온도인 6도였다. 그는 후식용 나이프로 잔을 두드렸다. 리벤트로프는 고개를 끄덕이며 미소를 지었다. 밖에는 비가 내렸고 나무들은 젖어 있었으며 인도는 번들거렸다.

체임벌린 부부는 점잖지만 초조한 기색을 내보였다. 유럽 강대국의 장관을 초대한 오찬을 짧게 줄일 수는 없는 노릇이다. 요령껏 퇴장하는 기회를 잡아야만 한다. 곧바로 초대객들, 그들 역시 뭔가 일이 벌어졌고 체임벌린 부부 사이에서 물밑 대화가 오고 갔다는 느낌이 들었고 캐도건, 처칠, 처칠의 부인 그리고 몇몇 다른 사람들까지 그런 느낌에 휩싸였다. 첫 번째로 자리를 뜨는 물결이 지나갔다. 그러나 리벤트로프 부부는 남의 불편에 무심한 채 그대로 남았고 특히 남편은 이 작별의 날에 도취되어 가장 기본적인 예절마저도 상실한 것처럼 보였다. 사람들은 초조한 기색이었다. 그래도 겉으로 드러내지 않고 아주 정중하게 예의를 지켰는데, 주빈을 밖으로 내쫓을 수는 없었다. 거실을 떠나 외투를 입고 나치 문장으로 장식한 대형 메르세데스 승용차에 오를 순간이 되었다는 것을 주빈 스스로 깨달아야 할 따름이었다.

그러나 리벤트로프는 전혀, 절대로 깨닫지 못했다. 그는 수다를 떨었다. 그의 부인도 체임벌린 부인과 막 활발한 대화를 시작한 터였다. 분위기는 비현실적인 것으로 변했다. 초대한 부부는 아주 미세한 목소리의 변화로 거의 감지될까 말까 한 초조함을 드러냈으나 진정한 예의를 갖춘 사람이라면 눈치챘을 것이다. 이런 종류의 순간에 우리는 과연 상대방이 미쳤는지, 아니면 우리가 너무 예민한 건지, 혹은 상대방도 우리가 느끼는 불편함을 느끼고 있는지 자문하게 된다. 그러나 아니다. 전혀. 두뇌는 꽉 막혀 있는 장기이다. 우리의 눈은 생각을 드러내지 않고 미세한 몸짓은 상대방에게 독해될 수 없다. 간절히 속내를 전하고 싶은 우리의 몸은 타인이 한마디도 이해할 수 없는 시(詩)라고도 할 수 있다.

불쑥 체임벌린이 주도권을 잡고 리벤트로프에게 말했다.「부디 양해해 주시기 바랍니다. 긴급한 사안이 발생해서요.」그것은 조금 과격했지만, 그는 이야기를 끊을 만한 다른 길을 찾을 수 없었다. 사람들은 자리에서 일어났고 대부분의 초대객은 주인에게 인사를 하고 다우닝가를 떠났다. 그러나 리벤트로프 부부는 남은 사람들과 함께 시간을 끌었다. 대화는 한동안 다시 이어졌다. 식사 도중에 캐도건과 체임벌린이 읽었던 그 쪽지, 좌중에서 작은 종이 유령처럼 부유했고 모든 사람이 듣고 싶었던 미지의 대사, 결국 이 묘한 삼류 연극의 진짜 각본이었던 그 쪽지에 대해서는 누구도 언급하지 않았다. 결국 리벤트로프가 싱거운 사교성 수다를 몽땅 쏟아부은 다음에야 사람들은 제각기 자리를 떴다. 한때 아마추어 극단의 배우였던 그가 역사의 큰 무대 위에서 그의 비밀스러운 역할을 연기했던 것이다. 전직 스케이트 선수, 골프 선수, 바이올린 연주가, 리벤트로프는 못하는 것이 없었다! 모든 것을! 심지어 공식 오찬 시간을 가급적 가장 길게 끌 줄도 알았다. 그는 진정 우스꽝스러운 광대, 무지와 세련이 섞인 묘한 인간이었다. 그는 형편없는 문장을 구사했다. 리벤트로프가 직접 작성해서 총통에게 보내는 보고서는 폰 노이라트의 손을 거쳤는데 폰 노이라트는 그를 해코지할 심산으로 교정 업무를 꼼꼼하게 회피했다.

마지막 초대객들이 자리를 뜨자 리벤트로프 부부도 퇴

각했다. 운전사가 자동차 문을 열어 주었다. 리벤트로프 부인은 조심스레 드레스를 접었고 부부는 차에 올라탔다. 그때 그들은 대놓고 쾌활한 기분을 드러냈다. 그들은 모든 사람들을 속여먹은 것에 대해 희희낙락거렸다. 그들은 외무부 파견인이 쪽지를 건네자 체임벌린이 끔찍할 정도로 걱정스러운 표정을 지었다는 것을 정확히 파악하고 있었다. 그리고 물론 그들은 쪽지의 내용도 알고 있었고, 체임벌린과 그의 각료들을 붙잡아 두고 최대한으로 시간을 끌어야 하는 임무를 자임했던 터였다. 그래서 그들은 식사 시간, 그리고 커피 마시는 시간과 거실에서의 대화도 상식 수준을 넘어설 정도로 질질 끌었다. 그동안 체임벌린은 긴급 조치를 취할 수 없었고 테니스에 대해 한담하고 마카롱을 맛보는 데에 붙잡혀 있었다. 리벤트로프 부부는 그의 정중한 예의, 거의 병적인 격식을 가지고 놀았고 매우 효율적으로 그를 업무에서 따돌려 버렸다. 외무부 직원이 가져왔던 쪽지, 그 비밀이 끝없는 식사 동안 지연되었던 쪽지에는 참혹한 소식이 담겨 있었다. 독일군이 막 오스트리아 국경선을 넘었다는 소식이었다.

전격전

3월 12일 오전 동안 오스트리아인들은 꼴사납게 들떠서 나치스가 오기를 간절하게 기다렸다. 당시를 기록한 많은 영화에서 사람들이 나치 문장이 그려진 휘장을 사려고 가판대나 트럭에 손을 뻗고 있는 모습을 볼 수 있다. 그들은 도처에서 발끝을 세웠고 튀어나온 장식물, 작은 벽, 가로등 꼭대기 등 〈볼 수만 있다면〉 아무 데나 높은 곳에 올라갔다. 그런데 독일군은 그들을 하염없이 기다리게 만들었다. 아침나절이 지나가고…… 그리고 오후도 그냥 흘러갔으니 이상한 노릇이었다. 가끔 엔진 굉음이 들판에서 울리면 깃발을 흔들었고 얼굴에는 웃음꽃이 피었다. 〈그들이 온다! 그들이 오고 있다!〉라는 소리가 여기저기에서 들렸다. 눈이 빠지도록 아스팔트 위를 바라보았다. 아무것도 없었다. 사람들은 기다리다가 맥이 빠져 팔을 늘어뜨렸고 15분 정도 지나면 두런두런 이야기를 나누며 다시 풀밭에 주저앉았다.

12일 저녁, 빈의 나치당원들은 아돌프 히틀러를 맞이하기 위해 야간 횃불 행렬을 준비했었다. 의식은 감동적이고 장엄해야만 했다. 늦은 시간까지 기다렸지만 아무도 오지 않았다. 무슨 일이 벌어지고 있는지 아무도 몰랐다. 남자들은 맥주를 마시며 노래를 불렀고 계속 노래를 이어 가다가 곧이어 더 이상 노래를 부를 기분도 그다지 나지 않아 조금 실망했다. 그때 기차를 타고 독일군 셋이 도착하니 잠시나마 환희의 순간이 있었다. 독일군이라고? 기적이다! 그들은 도시 전체의 귀빈이었다. 그날 밤 빈 시민만큼 그들을 사랑한 사람은 없었다. 빈! 사람들은 그들에게 모든 초콜릿, 모든 크리스마스트리의 나뭇가지, 다뉴브강의 모든 물, 카르파티아산맥의 모든 바람, 중심부의 링슈트라세, 쇤브룬 궁전, 그곳의 중국풍 살롱, 나폴레옹의 방, 로마 왕의 시신, 피라미드 전투의 검! 모든 것! 모든 것을 주려고 했지만 그들은 주둔지를 관리하기 위한 임무를 띤 병졸 셋에 불과했다. 그러나 사람들은 너무도 침략당하고 싶어 안달이 나서 그들을 개선장군처럼 떠받들며 시내를 돌아다녔다. 그리고 이 멍청한 세 명은 자신들이 불러일으킨 열광을 제대로 이해하지 못했다. 그들은 사람들이 그토록 자신들을 사랑할 줄 꿈에도 몰랐다. 심지어 조금은 겁을 내기도 했다……. 사랑은 종종 무섭기도 하다. 그러다가 사람들은 의문을 품기 시작했다. 독일의 전쟁 기계들은 어디에 있는 걸까? 의구심이 들었다. 탱크들은 뭘 하고 있는 거야? 기관총은? 그들이 약속했던 그 기상천외한 괴물들은 모두 어디에 있는 걸까? 총통의 고향인 오스트리아를 그들이 더 이상 원하지 않는 것은 아닐까? 아니다, 아니야, 그럴 리가, 그런데……. 소문이 돌기 시작했지만 감히 목청 높여 이야기하진 못했다. 모든 것을 듣고 있는 나치스를 조심해야만 했다……. 확실치 않았지만 어쨌거나 돌아가는 정황에 맞아떨어지는 소문에 따르면 미증유의 기세로 국경을 넘은 독일군의 멋진 전쟁 기계가 한심하게 멈춰 버렸다고 했다.

사실상 독일군은 국경을 넘는 데에 엄청난 고역을 겪

었다. 경악할 만큼 느리게 그리고 형언할 수 없을 만큼 무질서 속에서 월경했기 때문이다. 이제 그들은 약 1백 킬로미터 떨어진 린츠에 주둔하고 있었다. 다만 날씨만큼은 아주 쾌청했다. 심지어 그 3월 12일은 환상의 날씨였던 것 같다.

시작은 아주 좋았다! 오전 9시에 국경 검문소의 차단기가 올라갔고 독일군은 성큼 오스트리아에 들어왔다! 어떤 폭력도 필요 없었고 천둥소리도 없었으니 지금 여기에서 모두 사랑에 빠졌고 아무런 힘도 들이지 않고 부드럽게 미소를 지으며 정복이 이뤄졌다. 탱크, 트럭, 중화기, 모든 것이 결혼 행진을 위해 천천히 콧노래를 부르며 빈으로 전진했다. 신부가 동의했으니 남들이 주장하듯 강간이 아니라 결혼이다. 오스트리아인들은 목이 쉬도록 노래를 부르며 환영의 표시로 나치식 경례를 했다. 독일군은 5년 전부터 훈련을 했다. 그러나 린츠로 가는 길은 험했고 자동차는 헛기침을 했으며 오토바이는 경운기처럼 콜록거렸다. 아! 독일인들은 정원이나 가꾸고 이모든 기계를 트랙터로 개조하고 티어가르텐 공원에 배추나 심는 것이 좋았을 것이다. 린츠 인근에서 모든 게 나

빠졌다. 그러나 하늘은 순수하고 청명했으니 하늘에게
기대할 수 있는 가장 아름다운 모습 중 하나였다.

3월 12일 자 별자리 운세에 따르면 천칭좌, 게좌, 전갈
좌가 운수 대통이었다. 하지만 나머지 인간들에게는 천
기가 불길했다. 유럽의 민주주의 국가들은 침공에 대해
황당한 체념으로 대응했다. 침공이 임박했음을 알고 있
었던 영국인들은 슈슈니크에게 경고했다. 그것이 그들이
한 일의 전부였다. 프랑스인들은 마침 내각 위기를 겪고
있어서 아예 정부가 없었다.

빈에서 그날 3월 12일에 유일하게 『노이에스 비너 타
크블라트』의 편집국장 에밀 뢰블이 작은 독재자 슈슈니
크에게 경의를 표하는 기사를 실었는데, 그것은 아주 미
세한 저항의 행위였고 거의 유일한 것이었다. 아침나절,
깡패 무리가 신문사에 쳐들어와 거칠게 편집국장을 밖으
로 내쫓았다. 돌격대가 사무실에 등장하여 직원과 기자
와 편집진을 두드려 팼다. 그러나 『노이에스 비너』 사람
들은 좌파가 아니었고 국회가 해산되었을 때 한마디도
하지 않았으며 새 정권의 권위적 가톨릭주의를 고분고분

인정했을 뿐 아니라 돌푸스 치하에서 편집국의 숙청 작업도 수용했었다. 그리고 사회 민주당원들의 퇴출, 감금, 취업 금지에 대해서도 그들은 그다지 개의치 않았다. 그러나 영웅주의는 묘하고 상대적인 것이라 결국 그날 아침 에밀 뢰블만이 유일하게 불만을 토로하는 장면은 감동적이며 동시에 불길한 느낌을 일으킨다.

린츠라고 별수 없었다. 거기에서도 끔찍한 숙청이 자행되었고 도시는 이제 완전히 나치 치하가 되었다. 사람들은 도처에서 매 순간 총통이 도착하는 모습을 보고 싶은 희망으로 거친 숨을 내쉬며 노래를 불렀다. 모든 사람이 거기에 몰려나온 것 같았고 태양은 빛나고 맥주가 흘러넘쳤다. 아침나절이 지나자 사람들은 술집 구석에서 졸았고 마치 그 무엇도 시간을 멈출 수 없다는 듯 갑자기 정오가 되었으며 푀스틀링베르크 언덕 위로 태양은 정점에 도달했다. 분수들은 조용했고 가족들은 식사하러 집으로 돌아갔으며 다뉴브강은 유유히 흘러갔다. 식물원의 환상적인 선인장들은 장식용 꽃잎으로 덮여 있었고 거미들은 그것을 파리로 알고 달려들었다. 빈에 있는 카페 센트럴의 카운터에서는 독일군이 아직 벨스에도 도착하지 않았다거나, 심지어 메겐호펜에도 오지 않았을 거란 말이 수군수군 떠돌았다! 독설가들은 그들이 길을 잘못 들어서 수사나 다미에타 쪽으로 가고 있고 내년쯤에는 보비노[6]에서 볼 수 있을 거라고 빈정거렸다! 그러나 어떤 이들은 목소리를 낮춰 고장, 대규모의 연료 부족, 군수 물자 공급에서 발생한 커다란 문제점을 거론하기도 했다.

히틀러는 차가운 바람을 얼굴에 맞으며 자동차로 뮌헨을 떠났다. 그의 메르세데스 승용차는 깊은 숲속을 가로질러 달렸다. 그는 그가 태어난 도시 브라우나우를 지나 청년 시절의 도시 린츠, 그리고 부모가 잠들어 있는 레온딩을 통과하려고 계획했었다. 따지고 보면 멋진 여행이었을 것이다. 오후 4시경, 히틀러는 브라우나우에서 국경을 넘었다. 화창했지만 몹시 추운 날씨였고 그의 행렬은 24대의 자동차와 20대가량의 소형 트럭으로 구성되었다. 친위대, 돌격대, 경찰, 모든 종류의 부대가 한꺼번에 따라왔다. 그들은 군중과 소통했다. 총통의 생가 앞에 잠깐 정차했지만 시간을 낭비할 수 없었다! 이미 상당히

6 프랑스 파리에 있는 극장.

지연된 터였다. 소녀들이 화환을 내밀었고 군중은 나치 문장이 그려진 작은 깃발을 흔들었으니 모든 것이 순조로웠다. 오후 중에 행렬은 여러 마을을 통과했고 얼굴에 흥분한 기색이 역력한 히틀러는 웃으며 손을 흔들었다. 그는 농부와 여자아이들이 몰린 인파 앞에서 걸핏하면 국가 사회주의 방식의 경례 자세를 취했다. 그러나 대개의 경우 그는 조금 여성적이며 생뚱맞은 동작으로 팔을 접은 것으로 그쳤다. 그것은 채플린이 너무도 똑같이 흉내 냈던 바로 그 동작이었다.

탱크의 병목 현상

⟨전격전⟩은 그저 단순한 표현, 혹은 선동자들이 재앙을 지칭하는 단어이다. 이 공격적 전술의 이론가는 구데리안이라 불리는 사람이다. 건조하지만 핵심을 짚은 제목을 붙인 그의 책 『조심하라, 판처 탱크를!』에서 구데리안은 번개 같은 전쟁에 대한 그의 이론을 전개했다. 물론 그는 존 프레더릭 찰스 풀러의 책을 읽은 터였다. 그는 풀러의 요가에 대한 잡서를 좋아했고 그 광기 어린 예언을 열에 들떠 통독한 후 거기에서 세계의 무서운 비밀을 발견했다고 믿었다. 그러나 무엇보다도 그의 무수한 밤을 불면으로 지새우게 한 것은 군대의 기계화에 대한 짧은 글들이었다. 풀러의 책에서 구데리안을 숙고로 이끈

것, 그것은 영웅적이고 격렬한 전쟁에 대한 열정 넘치는 대목이었다. 존 프레더릭 풀러는 열정적 성격이었고 너무 열정적이었던 나머지 얼마 후 그는 무기력한 의회 민주주의를 개탄하며 보다 과격한 정치 체제를 기원했던 모즐리를 찾아갔다. 그래서 그는 나치즘의 선양을 추구하는 〈노르딕 리그〉[7]의 회원이 되었다. 이들 소규모 집단은 비밀리에 전형적인 영국식 전원 주택에 모여 유대인에 대한 이야기로 긴 시간을 보냈다. 그런데 그 동조자들은 단지 메이페어의 장사꾼들만이 아니었으니, 거기에는 동물 애호가로 유명했던 더글러스해밀턴 부인도 끼어 있었다. 알려졌듯이 모든 재앙의 중심에는 인간적 영혼이 자리 잡고 있다. 거기에는 선한 웰링턴 공작 아서 웰슬리도 있었다. 그는 세상의 모든 안락함을 누렸기에 특히 용서받을 수 없는 사람이었다. 사교계의 총아, 이턴 졸업생, 로마 시인 프로페르티우스와 루카누스의 전문가라서 아마도 이른 아침 테오크리토스의 목동들 사이에서 피리를 불며 자기 집 정원을 산책했을 것이다. 최고의 작품은

---

7 나치 이론가였던 알프레트 로젠베르크의 영향을 받아 1930년대 영국에서 만들어진 사조직.

아닐지라도 어쨌거나 예술 작품을 모았던 수집가이기도 했다. 그러나 두개골이 좁고 아랫입술이 축 늘어졌으며 눈빛이 공허해서 런던의 변두리에서 태어났다면 누구도 거들떠보지 않았을 것이다.

〈조심하라, 판처 탱크를!〉 1938년 3월 12일 기갑부대가 행렬을 이끌었다. 16사단 선두에서 하인츠 구데리안은 마침내 그의 꿈을 실현할 참이었다. 독일 최초의 탱크는 1918년 20여 대의 시제품으로 제작되었다. 그것은 육중한 쇳덩어리, 2백 마력의 깡통, 조작이 까다로운 무거운 유모차였다. 그것 중 한 대는 1차 대전 말엽에 영국 탱크와 맞붙었다가 수리가 불가능할 정도로 파괴되었다. 첫 발자국을 디딘 그 이후로 탱크는 많은 발전을 이뤘지만 여전히 손볼 데가 많았다. 그래서 훗날 전쟁터의 여왕이 될 판처 4호도 1938년 3월에는 아직 걸음마 단계에 불과했다. 크루프가 생산한 이 작은 전투용 탱크는 아주 한심한 상태였다. 장갑 상태가 너무 얇아서 대전차 포탄을 견디지 못했고 탑재된 대포도 쉬운 표적만 공격할 수 있었다. 판처 2호도 더욱 소형이라 영락없이 정어리 통

조립 깡통 같았다. 빠르고 가벼웠지만 적의 장갑을 뚫을 수 없었고 그 자체도 적의 공격에 취약했다. 공장에서 나오자마자 퇴물이 되었다. 처음에는 오로지 훈련용 전차였으나, 생산이 지연되고 전쟁이 예상보다 일찍 터지는 바람에 현역에 투입되었다. 판처 1호는 소형 탱크에 불과해서 승무원 두 명만이 쇳덩이 위에 요가 선생처럼 앉아야 했다. 너무 깨지기 쉽고 무장이 취약했지만 트랙터만큼이나 저렴하게 생산할 수 있었다.

베르사유 조약에 따르면 독일은 탱크 생산이 금지된 터라 독일 기업은 위장 회사를 매개로 삼아 외국에서 탱크를 생산했다. 예나 지금이나 회계 기술이 가장 악독한 사업에 쓰인다. 그래서 독일은 언필칭 가공할 만한 전쟁 기계를 비밀리에 갖추게 되었다. 오스트리아 사람들이 1938년 3월 12일 그날 길가에 앉아 기다렸던 것이 바로 이 새로운 군대, 대명천지에 마침내 모습을 드러낸 약속의 군대였다. 그래서 화창한 하늘 아래에서 그들은 조금 불안해했고 조금 열에 들떠 있었다.

독일의 훌륭한 전쟁 기계에 미세한 모래 한 알이 낀 것은 바로 그 순간이었다. 그래서 탱크 부대 한 줄 전체가 길가에 서 있었다. 메르세데스를 탄 히틀러는 경멸적 눈초리로 그 모양을 보며 그들을 비켜 갔다. 그리고 또 다른 중화기 부대가 길 한가운데에 멈춰 있었다. 총통이 지나간다고 아무리 경적을 울리고 소리를 질러도 소용없었다. 탱크는 끈끈한 진흙 속에서 허우적거렸다. 생각해 보면 엔진이란 진정한 기적이다. 약간의 연료, 그리고 불꽃만 튀겨 주면 부르릉, 시동이 걸리고 압력이 높아지며 피스톤을 밀어서 크랭크축의 회전 운동을 일으키고 바로 출발이다! 그러나 그것은 설계도상에서만 쉬운 일이고 일단 고장이 나면 골칫덩어리로 변한다! 아무것도 이해할 수 없게 된다. 더러운 기름 속에 손을 넣어 휘젓고 나사를 풀었다가 다시 조여 보고……. 게다가 1938년 3월 12일, 햇빛은 쨍쨍했지만 기온은 손이 얼어붙을 정도였다. 그러니 길로 내려와 연장 통을 꺼내는 것이 즐거울 리 만무했다. 히틀러가 격분했다. 영광의 날, 활기차고 환상적인 진군이어야 할 것이 교통 체증으로 변하다니. 속도 대신에 혼잡, 활기 대신에 질식, 약동 대신에 병목 현상이라니.

알트하임, 라이트 등 조그만 마을 도처에서 오스트리아 젊은이들은 찬바람에 얼굴이 파랗게 변한 채로 마냥 기다렸다. 어떤 사람은 추위 때문에 눈물을 흘렸다. 이 시대에 인기 인물을 꼽아 본다면, 프랑스 여자들은 갤러리 라파예트 백화점에서 티노 로시를 보려고 했고 미국 여자들은 베니 굿맨의 인기곡에 맞춰 스윙 춤을 추려고 했다. 그러나 오스트리아 여자들은 아돌프 히틀러를 원했다. 어느 마을에 들어서나 〈총통님이 오신다!〉라는 소리가 어김없이 들렸다. 그리고 아무도 오지 않으면 다시 이런저런 수다를 떨었다.

고장은 그저 몇 대의 탱크에 그친 것이 아니었다. 몇 군데에서 몇 대가 고장 난 정도가 아니라, 위대한 독일군의 절대다수가 고장 난 것이다. 그리고 길은 이제 완전히 막혀 버렸다. 아! 코미디 영화의 한 장면 같았다. 분노에 찬 총통, 도로에서 뛰어다니는 정비병들, 제3제국의 거칠고 성마른 언어로 성급하게 토해 내는 명령들. 군대가 한꺼번에 몰려들고 대낮에 시속 35킬로미터로 행진하면 어느 구석에선가 막히게 마련이다. 그러나 군대 전체가 고장 나는 것은 전혀 사소한 일이 아니다. 고장 난 군대는 코미디 그 자체이다. 장군이 그 비난의 화살 중 하나를 맞아야 했다! 욕설과 비난. 히틀러는 이 실패의 책임을 장군에게 돌렸다. 총통을 지나가게 하기 위해 무거운 차량을 치우고 탱크 몇 대를 견인하고 자동차를 밀어야만 했다. 총통은 밤이 되어서야 린츠에 도착했다.

그동안 차가운 달빛 아래에서 독일군은 서둘러 가급적 많은 탱크를 열차에 싣는 작업을 했다. 아마도 뮌헨에서 철도원이나 기중기 기사를 데려왔을 것이다. 그래서 열차는 서커스단 설비를 운반하듯이 장갑차를 운반했다. 무슨 수를 써서라도 빈에서 열릴 공식 행사, 그 굉장한 쇼의 시간에 맞춰야만 했다! 야밤에 오스트리아를 가로질러 기관총과 장갑차를 싣고 달리는 기차, 영구차 같은 그 음산한 모습, 그 광경은 괴이하게 보였을 것이다.

도청

독일의 오스트리아 병합 다음 날인 3월 13일, 영국 정보국은 영국과 독일 간의 묘한 희극적 전화 통화를 엿들었다. 히틀러가 그의 모국으로 날아가는 동안 독일을 책임지고 있었던 괴링이 말했다. 「리벤트로프 씨, 우리가 오스트리아를 협박하며 최후통첩을 보냈다는 건 구역질 나는 거짓말이오. 대중의 동의로 권좌에 오른 자이스잉크바르트가 우리에게 도움을 청한 것이오. 슈슈니크 정부가 얼마나 폭력적이었는지 알기나 하는지!」 그러자 리벤트로프가 대답했다. 「기막힌 일이지요! 전 세계가 이 사실을 알아야만 합니다.」 이러한 분위기의 대화가 반시간 동안 지속되었다. 그리고 이 이상한 문장을 기록하며 갑자기 무대의 커튼 뒤에 있는 듯한 느낌을 받아야만 했던 사람들이 어떤 표정을 지었는지 상상해 봐야 한다. 그리고 대화가 마무리되었다. 괴링은 화창한 날씨 이야기를 꺼냈다. 파란 하늘. 지저귀는 새들. 그는 발코니에 있다고 했고 라디오에서 오스트리아 사람들의 열광을 들을 수 있다고도 했다. 「경이롭습니다!」 리벤트로프가 외쳤다.

7년이 지난 1945년 11월 29일, 똑같은 대화를 들을 수 있었다. 아마도 덜 주저하고 더 문어체인 대화를. 그러나 거리낌 없는 태도, 조롱조의 감정은 정확하게 동일했다. 그것은 뉘른베르크의 국제 군사 재판에서 벌어진 일이었다. 미국 측 검사 시드니 올더먼은 평화에 반한 죄를 설명하기 위해 서류 가방에서 종이 뭉치를 꺼냈다. 그가 보기에 리벤트로프와 괴링 간의 대화는 매우 적절한 사례였다. 이것은 다른 나라들을 착각에 빠뜨리는 것을 겨냥한 일종의 〈이중 화법〉으로 들리기 때문이었다.

이제 올더먼은 낭독을 시작했다. 그는 이 짧은 대화를 마치 연극 대사처럼 읽었다. 괴링이란 이름을 각본의 등장인물 이름인 것처럼 읽자 피고인석에 있던 진짜 괴링은 움칠, 일어나려는 시늉을 했다. 그러나 그는 곧바로 그를 부르는 것이 아니고 그의 면전에서 그저 그의 대역을 연기하며 대사를 읽는 것임을 알아차렸다. 단조롭고 무거운 목소리로 올더먼은 한 장면을 낭독했다.

괴링　리벤트로프 씨, 귀하도 알겠지만 총통께서 부재한 동안 내게 공화국을 책임지라는 임무를 맡기셨소. 그래서 나는 오스트리아가 엄청난 희열에 빠져 있으며 당신도 그것을 라디오에서 들을 수 있다는 것을 알려 드리는 바이오.

리벤트로프　네, 굉장합니다. 그렇지요?

괴링　자이스잉크바르트는 나라가 공황 상태나 내전에 빠질까 두려워했소. 그가 혼란을 피하기 위해 우리에게 즉각 개입할 것을 요청했고 우리는 곧바로 국경으로 진군했던 것이오.

그런데 1938년 3월 13일 괴링이 몰랐던 것은, 이보다 더 진실에 부합하는 대화 내용이 발각될 것이란 사실이었다. 그는 자신의 중요한 대화를 기록하라고 부하들에게 명령했었다. 훗날 역사가 이 대화를 알아야만 한다고 생각했다. 그는 어쩌면 노후에 자신만의 『갈리아 전기』를 쓸 수도 있었다. 누가 알랴? 그는 자신의 이력에서 중요한 순간을 포착한 기록물에 기댈 수 있었을 것이다. 그가 몰랐던 점은, 이 기록물이 그가 은퇴할 나이에 그의 책상 위에 머물지 않고 여기 뉘른베르크에서 검사의 손에 들어갈 것이란 사실이었다. 거기에서 사람들은 이 장면뿐 아니라 다른 장면도 듣게 되었는데 그보다 이틀 전인 3월 11일 밤, 자이스잉크바르트, 그리고 그 중간 관리이자 대사관 참사였던 돔브로프스키 외에는 아무도 엿듣는 사람이 없으리라 믿었던 그때에 베를린과 빈 사이에서 벌어진 대화였다. 돔브로프스키는 당연히 훗날을 위해 그 기막힌 대화를 모두 기록으로 남겼다. 만천하가 듣게 되리란 것을 괴링은 까맣게 몰랐었다. 말하던 그 순간뿐 아니라 바로 그가 염두에 두었던 후대, 바로 그 미래에 사람들이 듣게 되리란 것을 몰랐다. 저간의 사정은 그렇게 돌아간 것이다. 그날 밤 괴링이 나눴던 모든 대화는 완벽하게 자료화되어 열람할 수 있다. 기적적으로 폭탄도 비껴갔던 것이다.

괴링   자이스잉크바르트는 언제 내각을 구성할 것 같소?

돔브로프스키   21시 15분입니다.

괴링   내각은 19시 30분에 구성되어야 하오.

돔브로프스키   19시 30분이라고요…….

괴링   케플러가 명단을 가져다줄 것이오. 당신은 누가 법무부 장관이 될지 알고 있소?

돔브로프스키   네, 네…….

괴링   누구인지 이름을 대보시오…….

돔브로프스키   괴링 원수님의 매형 되시는 분이 아니 던가요?

괴링   바로 그 사람이오.

그리고 때때로 괴링은 그날그날의 명령을 받아쓰게 했다. 차곡차곡 기록시켰다. 그 짧은 말 속에서 거만한 어조, 경멸이 느껴진다. 그리고 깡패 같은 이 사건의 측면이 돌연 드러난다. 방금 우리가 읽었던 장면이 있은 지 20여 분 지난 후, 자이스잉크바르트가 다시 전화를 걸었다. 괴링은 그에게 미클라스와 다시 접촉해서 19시 30분까지 총리를 임명하지 않는다면 오스트리아를 덮칠 것을 주지시키라고 명령했다. 영국의 도청 스파이에게 들으라고 늘어놓았던 괴링과 리벤트로프 간의 상냥한 대화, 혹은 〈오스트리아의 해방군〉과는 아주 동떨어진 내용이었다. 그런데 여기에서 주목해야 할 대목이 있다. 괴링이 구사한 표현, 〈오스트리아를 덮칠 것〉이라는 협박이다. 이 표현이 머지않아 딱 들어맞기 때문이다. 이를 제대로 이해하기 위해서 녹음테이프를 되감아야만 하고, 우리가 알고 있다고 믿었던 것을 잊어야만 하며, 전쟁을 잊고, 괴벨스가 편집해서 만들어 놓은 당시의 뉴스 장면, 그의 선동 광고를 떨쳐 버려야만 한다. 이 순간에는 〈전격전〉이 허탕이었다는 것을 기억해야 한다. 그 작전은 판처 탱크의 병목 현상에 불과했다. 그것은 오스트리아 국도 위에서 일어난 거대한 엔진 고장 사태, 인간들의 분노, 나중에 붙은 표현으로서 마치 노름판에서 오가는 단어 하나일 따름이다. 이 전쟁에서 놀라운 점은 세계가 〈허풍〉에 굴복했다는 사실, 우리가 기억해야만 할 미증유의 뻔뻔스러움이 성공을 거두었다는 사실이다. 정의의 요구

앞에서는 결코 양보하지 않았고 봉기한 민중 앞에서도 굴복하지 않았던 가장 신중하고 가장 경직된 세계, 아주 오래된 질서마저도 〈허풍〉 앞에서 무릎을 꿇었다.

뉘른베르크에서 괴링은 주먹으로 턱을 괸 채 올더먼의 낭독을 들었다. 가끔 웃기까지 했다. 그 장면의 주역들이 같은 방 안에 모여 있었다. 그들은 베를린, 빈, 런던에 따로 있는 것이 아니라 몇 미터 간격으로 함께 있었다. 리벤트로프와 그의 작별 오찬, 자이스잉크바르트와 그의 변절자적 비굴함, 괴링과 그의 깡패다운 방식. 마침내 올더먼은 논고를 마무리하며 3월 13일 자 사건으로 되돌아갔다. 그날의 짧은 대화 중 마지막 부분을 읽었다. 그가 단조로운 목소리로 대화를 읽어 내려가자 대화가 지닌 허세가 벗겨지고 원래 그것이 지닌 본색이 드러났다. 단순 명료한 천박성 그 자체가.

괴링 여기는 날씨가 좋소. 하늘이 파랗고. 발코니에 앉아 있는데 바람이 차서 담요를 덮고 있지. 커피를 마시는 중이라오. 새들이 지저귀는군. 라디오에서 오스트리아 국민들의 환호 소리를 들을 수 있소.

리벤트로프 경이롭습니다!

그 순간, 시계가 걸려 있는 피고인석에서 시간이 멈췄다. 무슨 일인가 벌어졌다. 모든 사람들이 바라보았다. 뉘른베르크 재판을 『프랑스 수아르』 특파원 자격으로 취재했던 케셀이 전하는 바에 따르면 〈경이롭습니다〉라는 단어를 듣자 괴링이 웃기 시작했다고 한다. 과장된 연기가 곁들여진 이 감탄사를 기억하며, 아마도 이 연극적 대사가 위대한 역사, 그 품위, 거대한 사건들에 대해 우리가 품고 있는 생각과 얼마나 대척점에 놓여 있는지를 느낀 나머지 괴링은 리벤트로프를 쳐다보고 웃기 시작한 것이다. 그리고 리벤트로프 역시 몸을 흔들며 신경질적으로 웃었다. 국제 법정에 앉아서, 그들의 재판관들 앞에서, 전 세계의 기자들 앞에서, 그들은 그 폐허 속에서 웃음을 참지 못한 것이다.

소품 가게

    진실은 온갖 종류의 먼지 속에 흩어져 있다. 〈다른 사람〉을 의미하는 앤더스라고 불리기 훨씬 전에 귄터 슈테른이라는 이름을 가졌던 독일 지식인이 미국으로 이민을 왔다. 가난한 유대인이었던 그는 생계를 이어 가기 위해 잡일을 전전하다가 마흔 살이 넘어서 인간의 복식사를 간직한 창고가 있는 할리우드 커스텀 펠리스에서 일하게 되었다. 할리우드 커스텀 펠리스는 의상을 대여하는 가게였는데 거기에서 그는 클레오파트라 당통의 의상, 중세 광대나 칼레 시민들의 의상을 영화사에 대여했다. 인류가 남긴 거적때기, 숭고한 허무, 선반 위에 흩어져 있는 영광의 부스러기들, 추억의 유사품, 이 모든 것을 할리우드 커스텀 펠리스에서 찾을 수 있었다. 여기에는 나무칼, 종이 왕관, 종이 벽도 준비되어 있었다. 모든 것이 가짜였다. 광부 옷깃에 묻은 석탄 가루, 거지 바지의 무르팍이 낡은 것, 사형수 목에서 흐르는 피. 이 모든 것이 가짜였다. 역사는 스펙터클이다. 할리우드 펠리스에서는 과거에 존재했던 모든 것을 만날 수 있다. 순교자의 옷이 귀족의 장옷과 같은 빨랫줄에 나란히 널려 마르고 있다. 영상, 영화, 사진, 이런 것은 현실 세계가 아니고 그 이미지라고 하는데 나는 잘 모르겠다. 시대가 켜켜이 쌓여 있는 건물은 층마다 부조리, 혹은 광기의 느낌을 자아낸다. 위대한 것의 한가운데에 있다 해도 그 위대함은 협소하고 위축되었다. 먼지는 분가루, 낡음은 환상, 더러움은 분장이고, 겉모습은 만사의 진리인 것처럼 보였다. 그러나 인류가 남긴 모든 것, 그것은 결국 잉여물이다. 할리우드 펠리스는 너무 많은 누더기를 쌓았고 너무 많은 유사품을 모았으며 너무 많은 시대를 축적했다. 로마의 주름치마, 이집트의 잡동사니, 바빌로니아의 서커스, 그리스의 밀수품도 여기에서 볼 수 있다. 뿐만 아니라 동남아시아의 허리를 감싸는 긴 천과 장옷, 인도 구자라트

지방의 여성용 채색 사리, 벵골의 화려한 발루차리, 퐁디셰리의 가벼운 면 옷도 있다. 잘 뒤져 보면 말레이시아의 사롱, 남미의 판초와 망토, 중세의 남성복, 로마 시대의 두건 달린 겉옷, 최초의 소매 옷, 튜닉, 블라우스와 셔츠, 모피로 안감을 댄 외투, 선사시대의 가죽옷, 그리고 모든 바지의 원형들도 찾을 수 있다. 할리우드 팰리스, 그곳은 마법의 동굴이다. 사실상 하는 일이 그다지 화려하지는 않다. 판초 비야[8]의 시체가 입었던 옷을 개켜야 하고, 메리 스튜어트의 목주름 장식을 수선하고, 나폴레옹의 모자를 선반에 정리해야 한다. 그러나 어쨌거나 역사의 소품 관리인이란 얼마나 큰 특권인가.

권터 슈테른은 그의 일기에서 이렇게 강조했다. 심지어 서커스단의 원숭이나 도빌 해변의 작은 강아지가 입었던 옷까지 포함해서 모든 의상이 여기에 있다. 아담의 아랫도리를 가렸던 잎사귀부터 나치스 친위대의 군화도 있다. 모든 것이 다 있다. 그러나 가장 놀라운 점은, 지상의 모든 의상을 여기에서 찾을 수 있다는 것이 아니고 진즉부터 거기에 나치스의 군복이 있었다는 것이다. 그리

8 멕시코 혁명 당시 혁명군 지도자였던 프란시스코 비야의 별명.

고 귄터 슈테른이 지적했듯 이 사업의 아이러니는 그들의 군화를 닦는 사람이 바로 유대인이란 것이다. 왜냐하면 이 모든 누더기들을 잘 관리해야만 했기 때문이다! 그리고 할리우드 팰리스의 모든 직원과 마찬가지로, 귄터 슈테른 역시 검투사의 반장화나 중국인의 샌들에 솔질하는 것처럼 나치스의 군화에 정성껏 광을 내야만 했다. 여기에서는 현실의 비극은 소용없고 세계의 거대한 연출을 위한 촬영에 대비해 의상이 마련되어 있어야만 하기 때문이다. 그리고 과연 의상은 준비되어 있었다. 옷들은 진짜보다 더욱 진짜 같았고 박물관에 걸려 있는 것보다 더욱 정확했으며 마치 의류 가게의 선반에 전시된 것처럼 단추 하나, 실밥 하나 빠진 것 없이 모든 치수로 준비되었다. 의상은 어떤 시빗거리도 없을 만큼 완벽한 복제품일 뿐만 아니라 낡고 구멍이 뚫리고 더럽기까지 해야만 했다. 그렇다. 세계는 패션쇼 무대가 아니고 영화는 환상을 자아내야만 한다. 그래서 거짓 찢어진 자국, 거짓 얼룩, 거짓 녹슨 부분을 유지하고 관리해야만 한다. 세월이 흘렀다는 인상을 주어야만 한다.

그래서 스탈린그라드 전투가 벌어지기도 훨씬 전부터,

바르바로사 작전이 윤곽도 생기기 전부터, 그것이 고안되고 결정되기 전부터, 프랑스 공방전이 시작되기 전부터, 독일인들이 전쟁을 시도하리란 생각을 털끝만치도 품기 전부터, 전쟁은 이미 무대 소품 준비를 위한 선반 위에 있었다. 미국이라는 전쟁 기계는 이미 거대한 혼란을 장악한 터였다. 그것이 전하는 소문은 모두 백전백승이라는 전승담뿐이었다. 그 덕에 돈도 챙길 것이다. 하나의 이야깃거리가 되고 좋은 사업이 된다. 따지고 보면 만사를 재편하고 구겼다 폈다 주무르는 것은 판처 탱크, 나치스의 폭격기나 스탈린의 기관이 아니다. 그렇다. 우리 존재의 밀도가 집단적 확신을 확보하는 곳은 저기 바둑판 모양의 대로와 도넛 가게와 주유소가 있는 부지런한 캘리포니아에서 비롯된다. 그곳에서 생긴 최초의 슈퍼마켓, 최초의 텔레비전, 토스터 기계와 휴대용 계산기 사이에서 이 세계에 대한 이야기의 진정한 흐름이 논의되고 그 흐름이 결과적으로 이 세계에서 채택될 것이다.

총통이 프랑스에 대한 공격을 준비하고 그의 보좌관들이 슐리펜의 낡은 전략을 재탕하고 정비병들이 여전히 판처 탱크를 수리하는 동안, 할리우드는 이미 과거의 선반 위에 그들의 의상을 준비해 놓은 상태였다. 그 의상들은 선별 후 옷걸이에 걸렸고 다른 옛 의상들과 함께 개켜져 올라가 있었다. 그렇다. 전쟁이 시작되기도 전에, 눈멀고 귀먹은 르브룅이 복권 사업에 대한 법안을 처리하고, 핼리팩스가 음모를 거들고, 겁먹은 오스트리아 국민이 어떤 미치광이의 모습에서 나라의 운명을 보았다고 믿었을 때, 수천 벌의 나치스 군복은 이미 소품 창고에 입고가 끝난 터였다.

행복의 멜로디[9]

3월 15일, 기만과 박대를 당했지만 결국 굴복하게 된 불쌍한 오스트리아 군중이 황궁 앞 넓은 광장으로, 그리고 카를 대공의 대형 기마상이 있는 데까지 박수를 치기 위해 모여들었다. 역사에서 남루한 누더기를 벗겨 내면 우리는 평등 대신에 위계를, 자유 대신에 질서를 보게 된다. 옹색하고 위험하며 미래가 없는 국가 개념에 현혹된 이 거대한 군중은 과거의 패배에 대한 불만이 팽배하여 허공에 팔을 치켜들었다. 시시[10]의 궁전 발코니에서 끔

9 〈행복의 멜로디La Mélodie du bonheur〉는 영화 「사운드 오브 뮤직」의 프랑스어 제목이다.
10 오스트리아 황제 프란츠 요제프 1세의 아내였던 엘리자베트 황후의 별명.

찍하게 이상하고 서정적이며 불안한 목소리로 떠들던 히틀러가 그의 연설을 탁하고 불쾌한 외침으로 마무리했다. 그가 구사하는 독일어는 훗날 채플린이 발명한 언어와 매우 유사했고 저주가 가득한 그 언어에서 〈전쟁〉, 〈유대인〉, 〈세계〉와 같은 몇몇 산발적 단어들만 알아들을 수 있었다. 군중은 환호했고 그 숫자는 이루 헤아릴 수 없었다. 발코니에서 총통은 막 오스트리아 병합을 선언한 터였다. 박수 소리는 너무나 획일적이고, 힘차고, 용솟음치는 듯하여 그 시대의 뉴스 녹음테이프에 기록된 것과 여전히 똑같은 군중의 것인지 의심을 품게 된다. 왜냐하면 우리가 볼 수 있는 것은 그 기록 영상이기 때문이다. 우리에게 역사를 제시해 주는 것은 바로 그 뉴스 영상, 혹은 선동용 영상이며 우리에게 친숙한 지식을 만들어 낸 것도 바로 이런 것들이기 때문이다. 우리가 생각하는 모든 것은 이 동질적인 배경에 의해 좌우된다.

우리는 결코 알 수 없을 것이다. 누가 말하고 있는지도 더 이상 알 수 없다. 이 시대의 영상은 경악할 만한 마술을 통해 우리의 추억이 되었다. 세계 대전과 그 서막은 우리가 더 이상 진위를 구별할 수 없는 이 영원한 영상

속에 담겨 있다. 그리고 독일 제국은 이 비극의 다른 주역들보다 많은 숫자의 영화감독, 편집인, 촬영 기사, 음향 기사, 기술자를 고용했기 때문에 러시아와 미국이 참전하기 전까지 우리가 전쟁에 대해 볼 수 있는 영상은 영원히 요제프 괴벨스에 의해 연출된 것이다. 역사는 요제프 괴벨스의 영상으로 우리 눈앞에서 전개된다. 그것은 기상천외한 일이다. 독일 뉴스는 픽션의 모범이 되었다. 그래서 오스트리아 병합은 기적적인 성공처럼 보인다. 그러나 박수 소리는 나중에 영상에 첨가된 것이고 소위 후시 녹음의 결과이다. 총통의 등장에 맞춰 미친 듯 울려 퍼진 박수 소리 중 어느 하나도 우리가 실제로 들었던 것이 아닐 수도 있다.

나는 그 영상을 다시 보았다. 물론 착각하면 안 된다. 오스트리아 전역에서 열성 나치당원을 불러 모았고 반대파와 유대인은 체포했으며 거기에 모인 군중은 선별되고 정화된 사람들이었다. 그러나 그들도 분명히 오스트리아 사람이고 금발을 땋은 명랑한 표정의 어린 소녀, 미소를 지으며 환호하는 부부는 영화의 엑스트라가 아니다. 아, 저 미소! 저 몸짓! 행렬이 지나갈 때 흔드는 저 나치스 휘장! 단 한 발의 총성도 울리지 않았다. 슬픈 풍경이다!

　그러나 만사가 예측대로 진행된 것은 아니었다. 세계 최강의 군대는 그저 금속 조립품, 빈 깡통에 불과하다는 것이 증명되었다. 그러나 그 준비 부족, 그 불량한 장비, 게다가 〈힌덴부르크〉라고 명명된 체펠린 비행선이 뉴저지에 착륙하기도 전에 폭발해서 35명의 승객이 사망했고, 대부분의 독일 공군 장성들이 여전히 전투기의 비행술을 모르며, 히틀러가 아무런 경험도 없으면서 독일군 최고 지휘관의 자리에 버티고 있음에도 불구하고, 그 시대의 뉴스 영상은 독일군이 불굴의 전쟁 기계라는 느낌을 준다. 잘 계산된 각도에서 찍은 영상을 통해 우리는 환희에 찬 군중 사이로 전진하는 장갑차를 볼 수 있다. 이 장갑차들이 방금 대규모 고장을 일으켰었다는 것을 누가 상상할 수 있을까? 독일군은 승리의 길, 꽃과 미소가 깔린 아주 평탄한 승리의 길을 행진하는 것처럼 보인다. 수에토니우스는 로마 황제 칼리굴라가 북쪽으로 자신의 군단을 끌고 가서 도취의 순간에 부대를 바다 앞에 정렬시킨 후 조개껍질을 주우라고 명령했다고 기록했다.

그렇다. 프랑스 뉴스 영상을 보면 독일군은 그저 미소를 수확하면서 그들의 나날을 보낸 것 같은 느낌이 든다.

—

가끔 우리에게 벌어지는 일들이 몇 달 지난 신문에 난 기사처럼 보일 때가 있다. 즉, 우리가 이미 꾸었던 악몽인 것이다. 병합 이후 6개월 남짓 지난 1938년 9월 29일, 그 유명한 회의를 위해 뮌헨에 사람들이 모였다. 거기에서 사람들은 히틀러의 야욕이 멈출 것이라 생각했는지 체코슬로바키아를 헐값에 팔아넘겼다. 프랑스와 영국 대표단이 독일에 갔다. 그들은 환대를 받았다. 거대한 홀에 걸린 샹들리에의 수정 장식이 바람에 흔들리는 작은 종처럼 맞부딪히며 유령들 머리 위에서 천상의 음악을 연주했다. 달라디에와 체임벌린 일행은 히틀러로부터 소소한 양보를 얻어 내려고 애썼다.

사람들은 역사를 무겁게 짓눌러서 우리 고통의 책임을 역사의 주역들에게 지우려고 한다. 우리는 결코 옷 주름에 낀 때, 누렇게 바랜 식탁보, 수표책에 붙은 쪽지, 커피가 남긴 얼룩을 보지 못할 것이다. 사람들은 사건의 그럴듯한 측면만 우리에게 보여 줄 것이다. 그러나 뮌헨에서 서명하기 바로 직전 히틀러와 무솔리니의 곁에 있던 체임벌린과 달라디에가 찍힌 사진을 잘 들여다보면 영국과 프랑스의 총리들은 그다지 떳떳한 모습이 아니다. 그들은 서명하기 전, 나치식 인사로 환영하는 엄청난 군중의 환호를 받으며 거리를 지났다. 우리는 약간 어색한 모습으로 머리에 모자를 쓴 채 간단히 인사하는 달라디에와 손에 모자를 든 채 활짝 미소 짓는 체임벌린을 볼 수 있다. 지칠 줄 모르는 이 평화의 장인 — 당시 언론에서 그를 이렇게 칭했다 — 이 나치 병사가 두 줄로 도열한 계단을 오르는 모습이 영원히 흑백 영상에 기록되었다.

그 순간, 흥이 난 아나운서는 달라디에, 체임벌린, 무솔리니, 히틀러, 이렇게 국가의 수장 넷이 똑같은 평화에 대한 의지로 가득 차서 후세를 위해 포즈를 취한다고 콧소리로 속삭였다. 역사는 이 해설의 가소로운 공허함을 증명했고 향후 모든 뉴스를 한심할 정도로 불신하게 만들었다. 뮌헨에서 거대한 희망이 배태된 것처럼 보였다. 하지만 이렇게 말하는 사람도 그 말의 뜻을 몰랐다. 모든 단어가 똑같은 것을 의미하는 천국의 언어를 사용한 것이다. 얼마 후, 파리의 라디오 방송에서 에두아르 달라디에는 잠깐 음악이 흐른 후 1,648미터의 장파에 음성을 실어 이야기했다. 그는 유럽의 평화를 살렸다고 확신한다며, 그렇게 우리에게 이야기했다. 하지만 그는 자신의 말을 믿지 않았다. 그는 비행기에서 내리며 환영하는 군중 앞에서 〈아! 멍청한 놈들, 이들이 알기나 할까!〉라고 혼자 중얼거렸을 것이다. 이미 최악의 사건이 준비되고 있는 이 참담하고 거대한 혼돈 속에서는 거짓말에 대한 신비로운 존중이 군림한다. 조작이 사실을 압도한다. 그리고 우리 국가 지도자들의 선언은 봄 태풍에 양철 지붕이 날아가듯 머지않아 산산이 흩어질 것이다.

죽은 사람들

오스트리아 병합을 인준하기 위해서 국민 투표가 실시되었다. 잔존하는 반대파들은 체포되었다. 신부들은 제단에서 나치스에 호의적인 투표권을 행사하라고 호소했고 교회 건물 꼭대기에는 나치스 깃발이 게양되었다. 심지어 과거 사회 민주당의 지도자들도 찬성표를 던지라고 호소했다. 어떤 불협화음도 들리지 않았다. 오스트리아 국민 중 99.75퍼센트가 독일-오스트리아 병합에 찬성표를 던졌다. 그리고 이 이야기의 첫머리에서 언급된 스물네 명, 독일 거대 기업의 제사장들은 이미 나라를 갉아먹을 궁리를 하는 중이었고 히틀러는 언필칭 오스트리아 전역을 도는 승리의 순회 연설을 하고 있었다. 이 환상적

귀향 덕분에 그는 도처에서 박수갈채를 받았다.

　그러나 병합 직전 단 일주일 동안 1천7백 건이 넘는 자살 사건이 발생했다. 그리고 곧바로 신문에 자살을 보도하는 것이 저항 행위가 될 것이었다. 몇몇 기사들은 여전히 이를 두고 감히 〈급사(急死)〉라는 표현을 사용했다. 탄압이 그들을 침묵하게 했다. 사람들은 아무런 반향도 일으키지 않을 안전한 표현을 찾아내려 했다. 그래서 스스로 생을 마감한 사람들의 정확한 숫자는 미지의 영역에 남겨졌고 그들의 이름도 알려지지 않았다. 병합 다음 날, 『노이에 프라이에 프레세』에 네 건의 부고 기사가 실렸다. 〈3월 12일 아침, 공무원 알마 비로(40세)가 면도칼로 혈관을 끊은 후 가스 밸브를 열었다. 같은 시간대에 작가 카를 슐레징거(49세)가 자기 머리에 총을 쏘았다. 가정주부 헬레네 쿠너(69세)도 자살했다. 그날 오후, 공무원 레오폴트 빈(36세)이 창문에서 몸을 던졌다. 그들 행위의 동기는 알려지지 않았다.〉 이런 평범한 기사는 수치스러운 진실로 채워져 있다. 왜냐하면, 3월 13일, 모두가 자살 동기를 알고 있었기 때문이다. 아무도 말할 수 없지만 유일하고 동일한 원인이 도사리고 있었다.

알마, 카를, 레오폴트, 그리고 헬레네는 아마도 창문을 통해 거리에서 끌려가는 유대인들을 보았을 것이다. 삭발당한 사람들을 창문 틈으로 보는 것만으로도 그들은 사태를 충분히 이해할 수 있었을 것이다. 뒤통수에 T형 십자가를 그려 넣은 남자만 봐도 그들은 사태를 알 수 있었을 것이다. 한 시간 전만 해도 슈슈니크 총리가 입었던 양복 윗도리 안쪽에 새겨져 있던 것과 똑같은 십자가였다. 그들이 직접 겪어 보기 전일지라도 소문을 듣고, 짐작하고, 상상하는 것만으로도 사태를 파악하기에 충분했다. 사람들이 짓는 미소만 보아도 충분히 이해할 수 있었다.

그날 아침 함성을 지르는 군중 사이에서 행인들의 빈정거리는 눈총을 받으며 바닥에 쭈그리고 기어가며 인도를 닦는 유대인들을 헬레네가 직접 눈으로 보았는지 아닌지는 중요하지 않다. 그들에게 풀을 뜯어 먹게 했던 비열한 장면을 그녀가 목격했는지 아닌지도 중요하지 않다. 그녀의 죽음은 그녀가 느꼈던 것, 그 거대한 불행, 흉측한 현실, 파괴적 노골성을 띠고 그녀 눈앞에서 전개되는 이 세계에 대한 혐오감을 표현한 것이다. 왜냐하면 범죄는 벌써부터 그 변태적 봄날의 작은 깃발과 젊은 여자들의 미소 속에 존재했기 때문이다. 그리고 그 웃음과 고삐 풀린 열광 속에서 헬레네 쿠너는 증오와 희열을 감지할 수밖에 없었을 것이다. 발작적 공포에 사로잡힌 그녀는 수천 명의 몸짓과 얼굴의 이면에서 수백만 명의 죄수를 엿보았을 것이다. 그리고 가공할 만한 열광 이면에서 마우트하우젠 강제 수용소의 화강암 채석장을 예감했을 것이다. 그래서 그녀는 죽음을 택했다. 1938년 3월 젊은 여인들의 미소 속에서, 군중의 환호 속에서, 물망초의 신선한 향기 속에서, 이 기묘한 경쾌함과 열광의 복판에서 그녀는 검은 슬픔을 느껴야만 했을 것이다.

색색의 띠와 색종이 가루, 작은 깃발들. 열광에 빠져 미쳐 버린 그 어린 아가씨들은 무엇이 되었고, 그들의 미소는 어찌 되었을까? 그 태평스러움은? 그토록 진지하고 그토록 쾌활했던 표정들! 1938년 3월의 그 환희는? 그녀들 중 어느 하나가 영상 속에서 문득 자기 얼굴을 알아보았다면, 어떤 생각을 했을까? 태초 이래 진정한 생각은 항상 비밀이다. 우리는 뒤끝을 흐리거나 말을 멈추면서 생각한다. 삶은 그 아래에서 느리게 지하 수액처럼 흘러간다. 그러나 입가에 주름살이 잡히고 눈꺼풀이 늘어지고 목소리가 나오지 않는 나이가 되어 눈도 침침해서 시선은 자료 화면을 토해 내는 텔레비전 화면과 손에 든 요거트 사이에서 어정쩡하게 방황하는 가운데 간호사마저 뭘 해야 할지 몰라 그녀 곁을 비우면, 세계 대전은 까마득한 옛날 일이고 캄캄한 어둠 속에서 보초들이 교대하듯 세대가 바뀌고 나면, 과연 자기가 겪었던 젊은 시절, 그 과일의 향기, 숨을 멈추게 할 만큼 솟구치는 생명력과 공포를 어떻게 칼로 무 자르듯 구분할 수 있을까? 나는 모르겠다. 소독약과 요오드액 냄새가 희미하게 떠도는 양로원에서 작은 새처럼 허약한 상태에 빠진 주름살투성이의 늙은 소녀, 차가운 텔레비전의 사각형, 그 안의 짧은 장면에서 자기를 찾아낸 그녀, 전쟁이 끝난 후 폐허와 미군 혹은 소련군의 점령기를 겪은 후에도 여전히 살아 있는 그녀, 간호사가 문을 열고 들어왔을 때 바닥에 슬리퍼를 끌고 다니고, 반점투성이의 손을 등나무 팔걸이에 축 늘어뜨린 그녀가 가끔 포르말린 병 속에 간직된 고통스러운 기억들을 꺼내며 한숨을 내쉬었을까?

알마 비로, 카를 슐레징거, 레오폴트 빈, 그리고 헬레네 쿠너는 그리 오래 살지 못했다. 1938년 3월 12일, 레오폴트는 창밖으로 투신하기 전에 몇 번인가 진실, 그리고 수치심을 직면해야만 했다. 그 자신도 오스트리아 국민이 아니던가? 그리고 그 역시도 몇 해 전부터 국가 가톨릭주의의 괴기스러운 농담을 견디어야 하지 않았던가? 두 명의 오스트리아 나치당원이 그의 집 초인종을 누르던 아침, 이 젊은 남자는 순식간에 얼굴이 늙어 버린 것 같았다. 얼마 전부터 그는 권위와 폭력과 무관한 새로운 단어를 찾으려 했다. 그러나 그는 그런 것을 찾지 못했다. 그는 악의에 찬 이웃이나 그를 외면하는 옛 직장 동료와 부딪힐 것을 두려워하며 하루 종일 거리를 배회했다. 그가 사랑하던 삶은 더 이상 존재하지 않았다. 아무것도 남지 않았다. 꼼꼼하게 일하면서 느꼈던 보람도, 점심시간의 소박한 식사도, 행인들을 바라보며 오래된 건물 계단에 앉아 즐기던 간식도. 모든 것이 파괴되었다. 3월 12일 그날 아침, 초인종이 울리자 그의 생각은 안개에 싸였고 오랫동안 세뇌되었던 영혼에서 새어 나온 내면의 음성이 잠시 동안 들리는 것 같았다. 그는 창문을 열고 뛰어내렸다.

발터 베냐민이 마르가레테 슈테핀에게 보낸 편지는 시간이 흐르고 전후에 밝혀진 사실 때문에 참담한 의미와 들뜬 냉소를 지니게 되었는데 그 편지에서 베냐민은 빈에서 유대인의 집에 공급되던 가스가 돌연 끊겼다고 했다. 그들의 가스 소비량이 회사의 손실을 유발했기 때문이었다. 또한 가스를 대량 소비하던 사람들이 가스 요금을 납부하지 않았다고 그는 덧붙였다. 그가 마르가레테 슈테핀에게 보낸 편지는 그 순간에 묘한 어투로 쓰여 있었다. 과연 제대로 이해한 건지 확신할 수 없는 편지였다. 사람들은 망설이게 마련이다. 그 의미가 창백한 하늘 아래 나뭇가지 사이에서 부유하다가 불현듯 허공 한가운데에 작은 의미의 웅덩이를 형성하며 그 뜻이 환히 밝혀지면 그것은 온 시대를 거쳐 가장 슬프고 광적인 의미를 띠게 된다. 오스트리아 가스 회사가 이제 유대인에게 가스 공급을 거부한 이유는 그들이 선호하는 자살 방식이 가스였고, 죽은 후에 가스 요금을 내지 않았기 때문이었다. 그 시대가 비상식적 실용주의에 입각해서 너무도 많은 끔찍한 이야기를 꾸며냈던 터라 나는 그것이 과연 사실인지, 혹은 단지 농담, 음산한 촛불 아래에서 꾸며낸 끔찍한 농담에 불과한지 자문해 보았다. 그러나 그것이 신랄한 농담이었건 사실이었던 간에 중요하지 않다. 유머가 그토록 어둠 쪽으로 기울어진다면 그것은 진실을 말하기 때문이다.

그토록 심한 적대감 속에 빠지면 세상만사는 그 명칭을 잃게 된다. 그것은 우리로부터 멀어진다. 그래서 더 이상 자살에 대한 언급을 회피하게 된다. 알마 비로는 자살하지 않았다. 카를 슐레징거는 자살하지 않았다. 레오폴트 빈은 자살하지 않았다. 그리고 헬레네 쿠너도. 그들 누구도. 그들의 죽음은 그들이 겪은 불행에 대한 신비스러운 이야기와 동일시될 수 없다. 심지어 그들이 존엄하게 죽기를 택했다고 말할 수조차 없다. 아니다. 그들은 사적인 절망에 파괴당한 것이 아니다. 그들의 고통은 집단적인 것이다. 그리고 그들의 자살은 타살이다.

그런데 저들은 누구인가?

가끔 단어 하나만으로도 문장을 동결하고 우리를 딱히 뭐라 할 수 없는 몽상에 빠뜨리게 하기에 충분하다. 그런 단어는 시간이 흘러도 개의치 않는다. 그것은 혼돈 가운 데에서도 흔들림 없이 자신의 순례를 이어 간다. 1944년 봄, 우리가 이 이야기의 도입부에서 나치에게 헌금하고 아주 초기 시절부터 그 정권을 지지하는 장면을 보았던 구스타프 크루프, 독일 산업의 거물 중 하나가 그의 부인 베르타, 그의 장남이자 〈콘체른〉[11]의 상속자 알프레트와 저녁 식사를 하고 있었다. 그것은 휘겔 별장에서 보낸 그

---

11 법적으로 독립된 다양한 분야의 기업들이 통일된 관리하에 결합되어 있는 형태.

들의 마지막 시간이기도 했다. 그곳은 그들이 항상 지내 왔고 그들의 권력이 구현된 거대한 궁전이었다. 이제 사태가 나쁜 쪽으로 기울어졌다. 독일군은 도처에서 후퇴를 거듭했다. 그들은 집을 떠나 루르 지방에서 멀리 떨어진 블륀바흐로 가서 폭탄이 닿지 않는 데로, 춥고 하얀 평화 속으로 은신해야만 했다.

늙은 구스타프가 불쑥 일어났다. 그는 오래전부터 돌이킬 수 없는 백치 상태에 빠져 있었다. 대소변을 가리지 못하고 노망이 난 그는 몇 해 전부터 말을 하지 않았다. 그러나 그날 밤 식사 중 그는 갑자기 벌떡 일어나더니 공포에 질려 냅킨을 끌어안고 가늘고 긴 손가락으로 아들 너머로 방 한구석을 가리키며 중얼거렸다. 「그런데 저들은 누구인가?」 그의 부인이 고개를 돌렸고 아들도 몸을 획 돌렸다. 그들은 아주 겁이 났다. 그 구석은 어둠에 빠져 있었다. 어둠이 꿈틀거리고 사람의 형체가 그 어둠 속에서 천천히 기어오르는 것처럼 보였다. 그를 공포로 얼어붙게 만든 것은 휘겔 별장의 유령, 혹은 여귀나 악령들이 아니었다. 그를 노려보는 진짜 얼굴을 지닌 진짜 인간들이었다. 그는 수많은 눈을 보았고 얼굴들은 어둠 속에서 솟아 나왔다. 모르는 사람들. 그는 무시무시한 공포를 느꼈다. 그는 겁에 질려 서 있었다. 하인들도 몸이 굳어 버렸다. 커튼은 거울처럼 변했다. 그는 진정으로 보는 것 같다는 느낌, 그 순간만큼 또렷하게 본 것이 없다는 느낌이 들었다. 그리고 그가 본 것, 어둠 속에서 서서히 솟아난 것, 그것은 수만 수천 구의 시체들, 강제 노동자들, 나치스 친위대가 그의 공장을 위해 제공한 사람들이었다. 그들은 공허로부터 솟아 나왔다.

수년 동안 그는 부헨발트, 플로센뷔르크, 라벤스브뤼크, 작센하우젠, 아우슈비츠, 그리고 수많은 다른 수용소에서 죄수를 빌려왔었다. 죄수의 기대 수명은 몇 개월에 불과했다. 용케 감염성 질환에 걸리지 않았다 해도 문자 그대로 굶어죽었다. 그러나 크루프 하나만이 수용소의 노동력을 빌린 것은 아니었다. 2월 20일 회동했던 그의 동료들 역시 죄수들을 착취했다. 범죄적 열정과 정치적 가식 뒤편에서 그들은 잇속을 챙겼다. 전쟁은 수지맞는 사업이었다. 바이엘은 마우트하우젠 수용소에서 노동력을 임대했다. BMW는 다하우, 파펜부르크, 작센하우젠, 나츠바일러, 부헨발트에서 인부를 고용했다. 다임러 자동차 회사는 시르메크, IG 파르벤은 도라-미텔바우, 그로스로젠, 작센하우젠, 부헨발트, 라벤스브뤼크, 다하우, 마우트하우젠에서 인력을 조달했고 아우슈비츠 수용소에서 거대한 공장을 운영했다. IG 아우슈비츠라고, 파렴치하게도 회사 조직도에 아우슈비츠라는 명칭까지 기입했다. 아그파는 다하우에서 인력을 충원했다. 셸은 노이엔감메, 슈나이더는 부헨발트, 텔레풍켄은 그로스로젠, 지멘스는 부헨발트, 플로센뷔르크, 노이엔감메, 라벤스브뤼크, 작센하우젠, 그로스로젠 그리고 아우슈비츠에서 그런 짓을 했다. 모든 사람이 이토록 저렴한 인건비에 몰려들었다. 그날 저녁 가족 식사 중에 환상을 본 사람은 구스타브가 아니었다. 아무것도 보기를 원치 않았던 베르타와 그의 아들이었다. 이 모든 죽은 사람들은 분명히 그 어둠 속에 있었다.

1943년 크루프 공장에 도착한 6백여 명의 수감자 중에서 1년 후까지 남은 사람은 20명뿐이었다. 아들에게 경영권을 넘겨주기 전에 구스타프가 저지른 마지막 공식 업무 중 하나는 부인을 기리는 일종의 헌정 사업으로서 그녀 이름으로 지은 수감자 공장 베르타베르크를 창립한 것이다. 수감자들은 까맣게 때에 찌들고 벼룩에 시달리며 수용소에서 공장까지, 다시 공장에서 수용소까지 여름이나 겨울이나 나무 깔창 신발을 신고 50킬로미터를 걷는 생활을 했다. 그들은 새벽 4시 반에 잠에서 깨어나 친위대와 훈련된 개들에게 내쫓기며 얻어맞고 고문당했다. 저녁 식사는 두 시간이 걸리기도 했다. 넉넉한 시간을 갖고 식사한 것이 아니라, 기다려야만 했기 때문이다. 국을 담는 그릇이 충분하지 않아서였다.

  잠깐 이 이야기의 첫머리로 돌아가서 테이블을 둘러싸고 앉은 스물네 명의 사람들을 다시 살펴보자. 그저 기업체의 수장이 모인 평범한 회의라고 할 수도 있겠다. 똑같은 정장 차림, 짙은 색이거나 줄무늬가 있는 똑같은 넥타이, 똑같은 실크 행커치프, 똑같은 금테 안경, 똑같은 대머리, 지금과 마찬가지로 합리적 표정의 똑같은 얼굴. 사실상 유행은 거의 변하지 않았다. 얼마 지나지 않아 그들 중 어떤 이들은 프랑스 사람들이 레지옹 도뇌르 훈장을 달 듯, 나치당원의 금배지가 있던 자리에 자랑스럽게 연방 공로 십자 훈장을 달고 다녔다. 정권은 같은 방식으로 그들에게 명예를 베풀었다. 2월 20일, 그들 바로 뒤에서 악마가 발끝으로 살금살금 지나가는데도 그들이 차분하고 이성적으로 기다리고 있는 모습을 둘러보자. 그들은 잡담을 나눴다. 이 작은 장로 회의는 다른 수많은 회의들과 완전히 유사하다. 이것이 까마득한 옛일에 속한다고 믿지 말자. 그들은 태곳적 괴물도 아니고, 로셀리니 감독이 그려낸 1950년대 베를린의 폐허와 함께 불쌍하게 사라진 피조물들이 아니다. 그들의 이름은 아직도 건재하다. 그들의 재산은 엄청나다. 그들은 가끔 회사를 합병하여 아주 강력한 복합 기업을 설립하기도 했다. 여전히 에센 지방에 본사를 두고 요즘은 유연성과 투명성을 사훈으로 내세우는 철강 산업의 세계적 선두 기업 티센 크루프 홈페이지에 들어가 보면, 크루프 가문에 대한 짧은 설명을 찾을 수 있다. 그에 따르면 구스타프는 1933년 이전에는 히틀러를 적극적으로 지지하지 않았으며 일단 히틀러가 총리가 된 후부터 조국에 충성했다고 한다. 구스타프는 1940년 일흔 살 생일이 지나서야 비로소 나치당의 당원이 되었다고 한다. 기업의 사회적 전통에 깊게 매달렸던 구스타프와 베르타는 그들에게 가장 충직했던 직원들의 금혼식에 방문하는 그 전통을, 무슨 일이 있어도

잊은 적이 없었다고 한다. 그리고 그들의 삶을 적은 글은 감동적 일화로 마무리된다. 내조 의식이 충만한 베르타가 수년 동안 블륀바흐 저택 곁 작은 건물에서 몸이 불편한 남편의 수발을 들었다는 내용이었다. 강제 수용소 수감자 동원이나 강제 노역에 대해서는 일언반구도 없다.

휘겔 별장에서의 마지막 식사 중 공포가 한차례 휩쓸고 지나간 후, 구스타프가 조용히 자기 자리에 앉자 〈얼굴들은 어둠 속으로 돌아갔다〉. 그들은 1958년 브루클린에서 다시 나타났다. 브루클린의 유대인들이 보상을 요구한 것이다. 구스타프는 1933년 2월 20일의 모임에서 나치에게 눈 한번 찡긋하지 않고 천문학적 금액을 제공했지만 이제 그의 아들 알프레트는 그렇게 헤프지 않았다. 연합군이 독일 국민을 〈깜둥이〉처럼 취급한다고 주장한 그는 석탄과 철강의 왕, 유럽 평화의 주축, 유럽 공동 시장에서 가장 강력한 인물 중 하나로 부상했다. 보상금을 지불하기 전까지 그는 장장 2년 동안 협상을 지연시켰다. 협상을 할 때마다 콘체른의 변호사들은 반유대적 발언을 빠뜨리지 않았다. 어쨌거나 합의에 도달했다. 크루프는 생존자 한 명당 2,250달러를 지불하기로 약속했다. 청산금치고는 아주 소액이었다. 그러나 언론은 이 구동성으로 크루프의 행동에 경의를 표했다. 심지어 그것은 눈길을 끌 만한 홍보 효과를 내었다. 생존자라고 자처하는 숫자가 늘어 감에 따라 개인에게 부여된 할당액은 금세 초라하게 줄었다. 750달러로 내려갔다가 다시 500달러로 떨어졌다. 마침내 또 다른 수감자들이 등장하자 콘체른은 불행히도 자발적 지불을 더 이상 수행할 처지가 아님을 통지했다. 〈유대인은 비용이 너무 든다〉라고 했다.

———

우리는 결코 같은 심연에 두 번 떨어지지 않는다. 그러나 우리는 항상 같은 방식으로, 공포와 우스꽝스러움이 혼재된 상태에서 떨어진다. 그리고 너무나도 떨어지고 싶지 않은 나머지 절벽에 매달려 비명을 지른다. 그들의 구두 굽이 우리의 손가락을 짓밟고 그들의 부리가 우리의 이를 쪼아 깨고 눈을 후빈다. 심연의 주변에는 고대광실이 즐비하다. 이성적인 여신, 굳어 버린 역사의 동상은 축제의 광장 한가운데, 바로 거기에 있다. 1년에 한 번씩 말라 버린 작약 꽃다발이 거기에 헌화되고 덤으로 매일 새들에게 빵 조각이 던져진다.

옮긴이의 말

에리크 뷔야르의 『그날의 비밀 *L'Ordre du jour*』은 2017년 프랑스 최고 권위의 문학상인 공쿠르상을 받은 작품이다. 우리에게 비교적 생소한 작가인 뷔야르는 주로 서구 근현대사의 전환기에 초점을 맞춰 〈역사 다시 쓰기〉에 천착한다. 예컨대 프랑스 대혁명을 다룬 『7월 14일』, 아프리카 대륙에 자행된 벨기에 제국주의의 폭력을 서술한 『콩고』, 미국 인디언 학살에 초점을 맞춘 『대지의 슬픔』, 그리고 가장 최근 프랑스 전역에 퍼진 노란 조끼 시위에 호응하여 집필된 『가난한 사람들의 전쟁』 등에서 견지된 그의 관심사는 거친 역사의 소용돌이에 휘말린 여러 인물들, 혹은 무명의 장삼이사들이 겪은 사연이다. 따라서 그의 작품에는 공식 역사의 집중 조명을 받은 주인공들보다는 그 역사에 협력하거나 저항했던 무수한 조연들이 등장한다. 따라서 독자는 수많은 인물을 퍼즐 조각처럼 맞춰 가며 사건의 전체적 흐름을 스스로 재구성해야만 한다.

『그날의 비밀』은 20세기 서구 역사의 흐름을 바꾼 중요한 사건인 2차 대전을 다루지만 그 역시도 사건의 하이라이트 격인 개전과 결정적 전투, 혹은 종전을 소재로 하지 않는다. 작가는 무대의 커튼이 올라가기 이전에 어둠 속에서 꿈틀거리는 배후 인물, 혹은 전쟁의 주역들이 활개치는 이면에서 암약했던 공범자들, 그리고 무대의 커튼이 내려진 후에도 아물지 않은 집단적 상처에 관심을 기울인다. 그럼에도 불구하고 『그날의 비밀』을 거두절미하고 한마디로 요약한다면 히틀러의 독일이 오스트리아를 병합한 사건이라고 할 수밖에 없다. 16개의 소제목으로 나뉜 이 작품에서 가장 돌올한 역사적 사건, 전통 소설이라면 클라이맥스라고 불릴 만한 부분은 1938년 3월 12일 독일군이 국경선을 넘어 오스트리아에 진주한 부분이다. 그런데 「전격전」, 이른바 번갯불 전략이란 소제목이 붙은 이 장에서 묘사한 하루는 천둥과 번개는커녕 총성 한 번

울리지 않는 한심한 풍경, 지루한 기다림으로 채워졌다. 혹시 이 장면을 영화로 옮긴다면 그 어떤 스펙터클도 제공하지 않는 심심한 장면이 될 수밖에 없다.

그의 작품을 소개하며 무대, 조명, 커튼, 주연과 조연, 영화와 같은 용어를 동원한 것은 가급적 저자의 역사관을 정확하게 전달하기 위해서이다. 그가 생각한 역사란 독자가 얼핏 지나칠 법한 한 줄에 요약되었다. 심각한 역사의 한 대목을 이야기하던 중 한담처럼 끼어든 소제목 「소품가게」라는 대목에서 작가는 〈역사는 스펙터클이다〉라는 자신의 속셈을 밝힌다.

스펙터클이 현대 역사를 설명하는 열쇠어로 부각된 것은 기 드보르의 저서 『스펙터클 사회La sociétédu spectacle』 덕분이고 이 개념을 중심으로 구축된 사상을 흔히 상황주의라 부른다. 1968년 프랑스에서 학생들이 주도한 68혁명의 이념은 주로 마오쩌둥이나 트로츠키에 의지했다고 알려졌지만 혁명 이념이 문화 예술 운동으로 실현되는 과정에는 상황주의가 크게 영향을 끼쳤다. 편의상 급진적 좌파 혁명주의라 분류되는 상황주의는 68혁명의 구호가 사라진 후에도 유독 예술 분야에서 그 잔재가 살아

꿈틀거린다. 사전적 의미로 관객에게 제공된 시각적 볼거리, 그중에서 특히 연극을 지칭했던 용어인 스펙터클은 대중의 관심을 호도하거나 현실을 왜곡하는 시각적 볼거리, 상업적 전략, 나아가 정치 전략으로 그 의미가 확장되었다. 인생을 한 편의 연극이라 하지만 우리가 보는 현실도 연극이기는 마찬가지이다. 우리가 알고 있다고 믿는 현실이나 역사적 진실은 대체로 누구인가에 의해 매개되고 가공된 재현물에 불과하다. 『그날의 비밀』을 마무리하는 마지막 문장에서 확인할 수 있듯 역사의 주역은 거리의 동상으로 남았지만 그것은 누군가에 의해 주조된 쇳물 덩어리에 불과하다. 역사와 정치, 나아가 가시적 현실은 누군가의 각본에 의해 연출된 한 편의 스펙터클에 불과하다는 것이 작가의 속뜻이다. 스펙터클은 그 어원이 유령, 허깨비이며 거기에서 파생한 단어들도 모두 환영, 헛것과 같은 뜻을 지닌 단어들이다. 스펙터클이 현실을 모방하여 환상을 불러일으킨다는 측면에서 예술과 공유하는 부분이 깊고 넓다. 그리고 사람들의 시선을 독점하는 데에서 권력이 창출된다는 점에서 스펙터클은 곧 정치 세계로 이어진다.

이 작품에 등장하는 역사의 실존 인물들 중에서 유난히 예술 애호가들이 많다. 그들은 현실을 재현한 예술에 매료되었고 그 재현의 힘을 유난히 갈망했던 사람들이다. 실패한 화가인 히틀러를 비롯해서 아마추어 배우, 음악 애호가, 뛰어난 선동적 연출가들이 결국 현실 세계에서 6백만 명의 희생자를 낳았던 범죄의 주범 혹은 공범이다. 20세기 비극의 주범과 공모자들이 한결같이 사사로운 이익을 추구한 장사꾼, 광대, 소심하거나 무능력한 정치인이었다는 것이 에리크 뷔야르의 일관된 생각이다. 역사의 한 장면을 다룬 짧은 작품이 문학상을 받고 독자에게 호소력을 발휘하는 이유는 그의 역사관이 지금, 어디에서나 여전히 혹은 지난 세기보다 더욱 강력하게 적실하기 때문일 것이다. 『그날의 비밀』의 첫 장면을 다시 염두에 둔다면, 지금 이 순간에도 아직 무대의 커튼이 올라가지 않았는데 검은 그림자들이 어디엔가 모여 가면을 쓰고 비극의 한 장면을 준비하고 있다. 기대하시라, 개봉 박두.

2019년 7월

이재룡

이 책에 등장한 사람들

구데리안, 하인츠
Guderian, Heinz (1888~1954)

독일의 군인. 독일 쿨름(현재는 폴란드의 영토)에서 태어났다. 아버지 역시 군인이었고, 1907년 아버지가 지휘하는 대대에 입대했다. 1차 대전 당시 통신 장교로 복무했으며 상관 오스발트 루츠 아래에서 전차 연구와 개발에 참여했다. 또한 그는 전쟁 관련 서적을 번역, 집필하는 데에도 적극적이었다. 히틀러의 지원을 얻어 전차 부대의 능력을 입증했으며 이에 따라 〈전격전〉이라는 표현이 생겨났다. 1944년 육군 참모총장이 되었으나 소련에 대한 입장 차이로 히틀러와 사이가 틀어졌다. 1945년

5월 10일 항복하였으며 전쟁 포로로 구금되어 있다가 석방되었다. 뉘른베르크 재판에서는 군인으로서의 정당한 행동이었다는 이유로 기소 중지되었다. 이후 저술과 강연 활동을 했고, 서독 연방군의 고문으로 지내다가 서독 슈반가우에서 사망했다.

노이라트, 콘스탄틴 폰
Neurath, Konstantin von (1873~1956)

독일의 외교관. 독일 클라잉글라트바흐에서 태어났다. 베를린 훔볼트 대학교와 튀빙겐 대학교에서 법학을 공부했고, 변호사로 활동하다가 1901년 외무부에 들어갔다. 1932년부터 1938년까지 외무부 장관으로서 베르사유 조약을 무력화하고 재무장으로 가는 외교 정책의 핵심 인물이었다. 그러나 히틀러의 공격적인 대외 정책에 반대하는 일이 잦았고, 결국 리벤트로프로 교체당했다. 외무부 장관에서 해임된 뒤, 무임소 장관으로 지내다가 독일이 만든 괴뢰 국가인 보헤미아 모라비아 보호령의 총독이 되었다. 뉘른베르크 재판에서 기소되어 15년형을 선고받았으며, 건강 악화로 1954년 석방되었고 2년 후 서독 엔츠바이힝겐에서 사망했다.

달라디에, 에두아르
Daladier, Édouard (1884~1970)

프랑스의 정치인. 프랑스 카르팡트라에서 태어났다. 리옹에서 학업을 마친 후 교사로 일하다가 1912년 카르팡트라 시장에 당선되면서 정계에 입문했다. 1차 대전 당시 서부 전선에서 싸웠으며, 베르됭 전투에서 공을 세워 레지옹 도뇌르 훈장을 받았다. 1919년 급진당 소속으로 하원 의원에 당선되었다. 1933년부터 1940년까지 세 차례 프랑스 총리를 역임했다. 전쟁을 회피하려 했던 그는 뮌헨 협정을 체결했고, 독일에 선전 포고한 후에도 적극적인 공세를 지시하지 않아 이른바 〈가짜 전쟁〉 상태가 되었다. 프랑스 공방전 이후 다른 정치인, 유명 인사들과 함께 오스트리아의 이터 성에 감금당했으나 1945년 5월 5일 구출되었다. 2차 대전 종전 후에도 하원 의원, 아비뇽 시장 등으로 활동하다가 프랑스 파리에서 사망했다.

돌푸스, 엥겔베르트
Dollfuß, Engelbert (1892~1934)

오스트리아의 정치인. 오스트리아 텍싱탈에서 태어났다. 키가 150센티미터가량으로 매우 작아 이와 관련된 별명이 많았다. 빈 대학교에서 법학을, 베를린 대학교에서 경제학을 공부했고 1차 대전에 참전했다가 이탈리아군의 포로가 되기도 했다. 전후 농업 감독관으로 일했고 1931년에는 농림부 장관이 되었다. 1932년 오스트리아 총리가 되었으며, 대통령인 미클라스에게 의회 휴정을 요청하고 반발하는 의원들을 막기 위해 경찰을 동원했다. 그는 나치당과 공산당을 모두 금지시키고, 기독 사회당의 일당 독재 체제를 구축하고자 했다. 1934년 7월 25일 빈에서 오스트리아 나치당원들의 총에 맞아 숨졌다.

르브룅, 알베르
Lebrun, Albert (1871~1950)

프랑스의 정치인. 프랑스 메르시르오에서 태어났다. 공학 계열 명문 그랑제콜인 에콜 폴리테크니크와 에콜 데마인을 졸업했다. 1900년 하원 의원으로 당선되었고 이후 상원 의원과 여러 장관직을 거쳤다. 1932년 당시 대통령이었던 폴 두메르가 암살된 후 대통령으로 선출되었다. 1939년 재선에 성공했으나 1940년 비시 정부의 필리프 페탱에게 정권을 이양했다. 망명을 시도하였으나 독일군에게 붙잡혀 전쟁이 끝날 때까지 감시당하며 생활했다. 프랑스 파리에서 폐렴으로 사망했다.

리벤트로프, 요아힘 폰
Ribbentrop, Joachim von (1893~1946)

독일의 외교관. 독일 베젤에서 태어났다. 군인으로서 여러 나라를 오간 아버지의 영향으로 영어와 프랑스어에 능했다. 캐나다에서 주류업자로 활동하다가 1차 대전이 발발하자 독일로 돌아와 독일 제국군으로 참전했다. 1930년대 나치당에 입당하여 사업 수완과 외국어 실력을 바탕으로 비공식 외교관으로 활동했다. 히틀러의 신임을 얻어 1936년 주 영국 독일 대사, 1938년 외무부 장관으로 임명되었다. 뮌헨 협정, 독소 불가침 조약, 강철 조약 등의 협상과 조인을 담당했다. 그러나 전쟁이 시작된 이후로는 점차 영향력을 상실했고 1944년 히틀러 암살 미수에 다수의 외교관이 연루되었다는 이유로 완전히 사이가 틀어졌다. 뉘른베르크 재판에서 유죄가 입증되어 교수형을 당했다.

미클라스, 빌헬름
Miklas, Wilhelm (1872~1956)

오스트리아의 정치인. 오스트리아 크렘스안데어도나우에서 태어났다. 빈 대학교에서 역사와 지리학을 공부했고, 1905년부터 1922년까지 호른에 있는 중학교에서 근무했다. 독실한 가톨릭 신자였던 그는 오스트리아 기독사회당에서 활동했고 1907년 하원 의원에 당선되었다. 그 후 하원 의장을 거쳐 1928년에는 대통령으로 선출되었다. 독일의 오스트리아 병합 시도에 반대하였으나, 결국 독일의 요구 조건을 받아들였다. 수감된 슈슈니크와 달리 전쟁 동안에도 연금을 받으며 생활하다가 오스트리아 빈에서 사망했다.

샤흐트, 얄마르
Schacht, Hjalmar (1877~1970)

독일의 정치인, 은행가. 독일 팅글레프(현재는 덴마크의
영토)에서 태어났다. 1903년 드레스덴 은행에 입사한 후
은행가로 일했으며, 1918년 독일 민주당의 공동 설립자
가 되었다. 1923년 독일 제국은행 총재가 되었고 1930년
당시 대통령과의 입장 차이로 사임했다. 독일 민주당의
좌경화에 실망하여 우파 진영에 접근했고, 히틀러와 나
치당이 대두하자 적극적으로 협조했다. 1933년 다시 제
국은행 총재가 되었다. 전쟁 자체에는 반대했고, 이 때문
에 결국 총재직에서 해임되어 강제 수용소에 구금되었
다. 뉘른베르크 재판에서 기소되었으나 무죄 판결을 받
았다. 이와 별개로 서독 정부로부터 5년 형을 선고받았
고, 1년 후 출옥했다. 그 후 브라질, 에티오피아 등의 국
가 경제 고문으로 활동하다가 서독 뮌헨에서 사망했다.

수테르, 루이
Soutter, Louis (1871~1942)

스위스의 화가, 음악가. 스위스 모르주에서 태어났다. 처음에는 공학과 건축을 공부했으나, 음악가가 되기로 결심하고 1892년 브뤼셀로 가서 외젠오귀스트 이자이를 사사했다. 그곳에서 만난 미국인 유학생과 훗날 결혼하게 된다. 1895년부터 본격적으로 그림을 그리기 시작했고 미국으로 건너가 콜로라도 대학교에 취직했으나 1903년 이혼하고 스위스로 돌아왔다. 제네바 관현악단에서 10여 년 동안 바이올린 연주자로 지냈고 지휘자와 다투고 악단을 나온 후에는 극장이나 카페에서 연주하며 생계를 유지했다. 정신 불안과 낭비벽이 극심해진 그는 결국 1923년 파산하고 발레그 정신 병원에 입원했고, 그곳에서도 작품 활동을 계속하다가 사망했다.

슈니츨러, 게오르크 폰
Schnitzler, Georg von (1884~1962)

독일의 기업가. 독일 쾰른에서 태어났다. 여러 대학을 다니다가 1907년 라이프치히 대학교에서 법학 박사 학위를 받았다. 염료 등을 생산하는 화학 기업 회흐스트에 영업직으로 취직했다. 이 회사가 IG 파르벤에 합병된 후, 그는 요직을 거쳐 이사회에 들어갔다. 나치의 영향력을 이용해 폴란드, 프랑스 등지에서 화학 공장을 인수하거나 사업을 확장하였다. 2차 대전 종전 후 미국에서 열린 전범 재판에서 약탈과 횡령 혐의로 5년 형을 선고받았으나 1년 만에 출옥했다. 이후 유럽 상류 사회에서 활동하다가 스위스 바젤에서 사망했다.

슈슈니크, 쿠르트
Schuschnigg, Kurt (1897~1977)

오스트리아의 정치인. 오스트리아 리바 델 가르다(현재는 이탈리아의 영토)에서 태어났다. 1차 대전이 발발하자 오스트리아-헝가리 제국군으로 참전했다. 1919년 오스트리아의 귀족 제도가 폐지되면서 이름에 〈폰〉이 빠졌다. 프라이부르크 대학교에서 법학을 전공하고 변호사로 활동했다. 1927년 로마 가톨릭교회를 지지 기반으로 하는 기독 사회당 소속으로 출마하여 하원 의원에 당선되었다. 법무부 장관과 교육부 장관을 거쳐, 1934년에는 암살된 돌푸스의 뒤를 이어 오스트리아 총리가 되었다. 1938년 히틀러의 오스트리아 병합을 막기 위해 독립 유지 여부를 묻는 국민 투표를 계획하였으나 독일군의 점령으로 그 시도가 무산되고 말았다. 총리직 사임 후 수감되었다가 1945년에 석방되었다. 2차 대전 종전 후 미국으로 이주하여 세인트루이스 대학교에서 정치학 교수로 일하다가 말년에 오스트리아로 돌아와 사망했다.

오펠, 빌헬름 폰
Opel, Wilhelm von (1871~1948)

독일의 기업가. 독일 뤼셀스하임암마인에서 태어났다. 아버지인 아담 오펠이 설립한 오펠사는 원래 재봉틀과 자전거를 만드는 회사였으나, 빌헬름과 그의 동생 하인리히가 자동차 생산 공장을 인수하면서 자동차 생산 업체로 바뀌었다. 1917년 귀족 작위를 얻어 이름에 〈폰〉을 붙이게 되었다. 1933년 나치당에 가입했고 이후 친위대를 경제적으로 지원했다. 1947년 나치에 협조한 죄로 거액의 배상금을 내라는 판결을 받았고, 이듬해 독일 비스바덴에서 사망했다.

자이스잉크바르트, 아르투어
Seyß-Inquart, Arthur (1892~1946)

오스트리아의 정치인. 오스트리아 슈타네른에서 태어났다. 빈 대학교에서 법학을 전공했으며, 1차 대전 중에는 오스트리아-헝가리 제국군으로 참전했다. 종전 후 변호사로 활동하다가 파시스트 정당인 조국 전선, 나치당과 긴밀한 관계를 맺게 되었다. 1938년 히틀러의 지명으로 오스트리아 총리가 되었으며 오스트리아 병합에 찬성했다. 병합 후 오스트리아는 독일 제국의 오스트마르크주(州)가 되고, 자이스잉크바르트는 제국 주지사가 되었다. 1940년 독일이 네덜란드를 점령하자 네덜란드로 파견되어 대대적인 수탈과 유대인 탄압 정책을 시행했고 〈네덜란드의 도살자〉라는 악명을 얻었다. 뉘른베르크 재판에서 유죄가 입증되어 교수형을 당했다.

지멘스, 카를 프리드리히 폰
Siemens, Carl Friedrich von (1872~1941)

독일의 기업가. 독일 베를린에서 태어났다. 지멘스사를 창립한 발명가 에른스트 베르너 폰 지멘스의 셋째 아들로 태어나, 20대부터 경영에 참여했다. 1908년에 런던 지사장이 되었고 1차 대전 이후 회사의 부활에 큰 공헌을 하였다. 큰형 아르놀트가 1918년, 둘째 형 빌헬름이 1919년에 사망하자 기업 전체를 이끌게 되었다. 1920년부터 1924년까지 독일 민주당 국회 의원을 역임하기도 했다. 네덜란드 헤이넨호프에서 갑작스럽게 사망하였고 후계자는 그의 조카인 헤르만 폰 지멘스가 이어받았다.

체임벌린, 네빌
Chamberlain, Neville (1869~1940)

영국의 정치인. 영국 버밍엄에서 태어났다. 정치인이었던 조지프 체임벌린의 둘째 아들이며, 1911년 버밍엄 시장에 당선되며 정계에 입문했다. 1930년대에 내무부 장관으로서 세계 대공황 시기의 경제 위기를 극복하기 위한 정책을 폈다. 1937년 총리가 되어 독일에 대한 유화 정책으로 전쟁을 막고자 하였으며 히틀러의 요구를 받아들여 뮌헨 협정을 체결했다. 그러나 유화 정책이 실패하고 2차 대전이 발발하자 1940년 책임을 지고 총리직에서 물러났다. 사임 후에도 추밀원 의장으로 활동하였으나 암이 급격히 악화하여 사망하였다.

캐도건, 알렉산더
Cadogan, Alexander (1884~1968)

영국의 외교관. 영국 런던에서 태어났다. 5대 캐도건 백작의 막내 아들로 태어나 옥스퍼드 대학교 베일리얼 칼리지에서 역사학을 공부했다. 1908년부터 외무부에서 일했으며 첫 번째 임지는 터키 이스탄불이었다. 1938년부터 1946년까지 외무부의 사무차관(PUS, 정권 교체와 상관없이 임기가 보장되는 직책)으로 근무했다. 2차 대전이 끝난 후에는 1946~1950년 UN 영국 대표, 1952~1957년 BBC 이사장을 역임했다. 말년에는 예술품 감상과 수집에 열중하다가 세상을 떠났다.

크루프, 구스타프
Krupp, Gustav (1870~1950)

독일의 기업가. 네덜란드 헤이그에서 태어났다. 정식 이름은 구스타프 게오르크 프리드리히 마리아 크루프 폰 볼렌 운트 할바흐이다. 크루프 가문의 상속자인 베르타 크루프와 결혼하여 회사를 이끌었다. 2차 대전 당시 크루프사는 잠수함, 기관총, 탱크 등을 생산하는 거대 군수 기업이었다. 뉘른베르크 재판에서 기소되었으나 치매 때문에 제대로 된 재판을 받지 못했고, 오스트리아 베르핀에서 사망했다. 구스타프의 장남 알프레트를 포함한 크루프사의 경영진은 강제 노동 등의 혐의로 유죄 판결을 받고 회사를 매각하게 되었으나 냉전이 심화되고 인수자가 나타나지 않자 1953년 회사 경영을 재개하였다.

크반트, 귄터
Quandt, Günther (1881~1954)

독일의 기업가. 독일 프리츠바르크에서 태어났다. 그의 아버지 에밀 크반트는 부유한 직물 제조업자의 딸과 결혼해서 장인의 회사를 물려받았다. 1차 대전 동안 귄터는 크반트사를 운영하며 독일군의 군복 등을 납품하여 큰 부를 쌓았고, 차츰 다른 업체들을 인수했다. 첫 번째 부인 안토니 에발트는 1918년 스페인 독감으로 사망했으며, 두 번째 부인 마그다 리첼과는 1929년 이혼했다. 마그다는 그 후 요제프 괴벨스와 결혼했다. 뉘른베르크 재판에서 나치에 동조하였으나 적극적 행동은 없었다며 방면되었지만, 후대의 연구에 의해 크반트가 나치 독일 당시의 경제 전반에 영향력을 행사했으며 강제 노동도 동원한 것으로 밝혀졌다. 이집트 여행 중에 카이로에서 숨졌다.

파펜, 프란츠 폰
Papen, Franz von (1879~1969)

독일의 군인, 정치인. 독일 베를에서 태어났다. 부유한 귀족 가문에서 태어난 그는 사관 학교 졸업 후 군인이 되었으며, 빌헬름 2세를 추종했다. 1차 대전이 발발하자 미국 대사관으로 발령받아 다양한 첩보 활동에 종사했다. 바이

마르 공화국 대통령이었던 힌덴부르크를 공개적으로 지지했으며 1932년 독일 총리로 임명되었다. 나치당이 대두하자 히틀러에게 부총리직을 제안하며 회유하려 했으나, 이미 나치는 통제 불가능한 상태였다. 히틀러 집권 후 그 밑에서 부총리를 지냈다. 1934년부터 1938년까지 주오스트리아 독일 대사로 일했다. 뉘른베르크 재판에서 무죄 판결을 받았으나 서독에서 열린 재판에서 8년 형을 선고받았고, 항소에 의해 1949년 풀려났다. 서독 자스바흐에서 사망했다.

푀글러, 알베르트
Vögler, Albert (1877~1945)

독일의 기업가, 정치인. 독일 에센에서 태어났다. 카를스루에 공과대학교를 졸업한 후 엔지니어로 일했다. 1918년 구스타프 슈트레제만 등과 함께 독일 인민당을 창설했다. 1926년 〈연합 철강Vereinigte Stahlwerke〉을 설립했는데, 연합 철강은 당시 독일에서 철강의 40퍼센트, 석탄의 20퍼센트를 생산하는 거대 기업이었다. 공산주의를 두려워한 푀글러는 나치당에 협력했고 히틀러의 경제 자문 역할을 하기도 했다. 전쟁이 끝난 후 미군의 체포를 피하려고 자살했다.

풀러, 존 프레더릭 찰스
Fuller, John Frederick Charles (1878~1966)

영국의 군인. 영국 치체스터에서 태어났다. 샌드허스트 왕립 사관학교를 졸업하고 소위로 임관했다. 보어 전쟁에서는 정보 장교로, 1차 대전에서는 참모 장교로 복무했다. 1916년 당시에는 비밀이었던 전차 부대에 배속되어 전차를 활용한 작전 입안에 관여했다. 그러나 풀러의 계획은 전후의 군축 분위기와 군부 내 보수주의자들의 반발에 부딪혀 제대로 실현되지 못했고, 결국 그는 1933년 퇴역했다. 영국 파시스트 연합에 가입했으며 히틀러의 50번째 생일에 초대되기도 했다. 그의 저서 대부분은 군사학과 관련된 것이었으나, 오컬트와 요가 등에도 관심이 많았다. 연구와 저술에 집중하다가 영국 팰머스에서 사망했다.

핑크, 아우구스트 폰
Finck, August von (1898~1980)

독일의 은행가. 독일 코헬에서 태어났다. 그의 아버지인 빌헬름 폰 핑크는 메르크 핑크 은행의 경영자이자 알리안츠 보험사의 공동 창립자 중 한 명이었다. 큰형 빌헬름이 1차 대전에서 전사하여 아우구스트가 회사를 이어받았는데, 그는 나치의 영향력이 커지는 동안 유대계 금융 회사들을 합병 인수하며 사업의 규모를 키웠다. 1945년 나치에 협력한 이력 때문에 모든 직책에서 사임했으나, 1951년 복귀하였다. 이후 토지 사업에 몰두하여 뮌헨 일대에서만 2천 헥타르의 땅을 소유했다. 평소 언론에 노출되는 것을 꺼렸으며 서독 그라스브룬에서 사망했다.

핼리팩스, 에드워드 우드
Halifax, Edward Wood (1881~1959)

영국의 정치인. 영국 데번에서 태어났다. 2대 핼리팩스 자작의 막내아들이다. 보수당 정치인으로 활약하며 1925~1931년 인도 총독, 1937~1938년 추밀원 의장,

1938~1940년 외무부 장관을 역임했다. 체임벌린과 함께 유화 정책을 고수했으나 1939년 독일이 체코슬로바키아를 점령하자 독일의 확장을 막아야 한다는 입장으로 바뀌었다. 체임벌린 사퇴 이후 전시 내각의 총리를 처칠에게 양보하고, 주 워싱턴 영국 대사로서 전시 외교에 힘썼다. 1944년 초대 핼리팩스 백작이 되었다. 2차 대전이 끝나고 영국으로 돌아와 옥스퍼드 대학교 총장 등을 지냈고 심장 건강이 악화되어 사망했다.

옮긴이 **이재룡** 1956년 강원도 화천에서 태어났다. 성균관대학교 불어불문학과를 졸업하고 프랑스 브장송 대학교에서 석사와 박사 학위를 받았다. 현재 숭실대학교 불어불문학과 교수로 재직 중이다. 지은 책으로 『꿀벌의 언어』가 있으며, 옮긴 책으로는 에리크 뷔야르의 『대지의 슬픔』, 장 에슈노즈의 『달리기』, 『일 년』, 『금발의 여인들』, 밀란 쿤데라의 『참을 수 없는 존재의 가벼움』, 『정체성』, 조엘 에글로프의 『장의사 강그리옹』, 『해를 본 사람들』, 『도살장 사람들』, 외젠 이오네스코의 『외로운 남자』, 마리 르도네의 『장엄호텔』 등이 있다.

그날의 비밀

발행일	2019년 7월 20일 초판 1쇄
	2022년 4월 5일 초판 3쇄

지은이	에리크 뷔야르
옮긴이	이재룡
발행인	홍예빈 · 홍유진
발행처	주식회사 열린책들

경기도 파주시 문발로 253 파주출판도시
전화 031-955-4000 팩스 031-955-4004
www.openbooks.co.kr

이 도서의 국립중앙도서관 출판예정도서목록(CIP)은 서지정보유통지원시스템 홈페이지(http://seoji.nl.go.kr)와 국가자료공동목록시스템(http://www.nl.go.kr/kolisnet)에서 이용하실 수 있습니다.(CIP제어번호:CIP2019020088)